„Manchmal schließt sich eine Tür,
damit sich eine andere öffnen kann."

Suna Ervilia

Herzen der Verlorenen

Liebe und Hass

Historischer Roman

Bibliografische Information der Deutschen Nationalbibliothek:
Die Deutsche Nationalbibliothek verzeichnet diese Publikation in der Deutschen
Nationalbibliografie; detaillierte bibliografische Daten sind im Internet über
http://dnb.dnb.de abrufbar.

Herstellung und Verlag:
BoD–Books onDemand, Norderstedt
Grafik: d1sk/ Digital Storm/ Shutterstock.com
ISBN: 978-3-7504-2536-1

Inhaltsverzeichnis

Unsere Begegnung war ein Schachzug des Schicksals.

Es wusste, dass wir für einander bestimmt waren. Unsere Geschichte hatte noch nicht richtig begonnen, schon trennten sich unsere Wege. Wie ein Fisch lag ich auf dem Trockenen. Ich dürstete nach dir und starb einen langsamen und qualvollen Tod.

Heute beginnt unsere gemeinsame Zukunft und sie wird erst enden, wenn mein Herz aufhört zu schlagen.

Ich lasse dich nicht mehr gehen, Grünauge.

Niemals.

Wir gehören zusammen.

Bis in alle Ewigkeit.

Dastan Azad

„Du bist unbezwinglich, wenn du warten kannst!"

Elenas

»Unser Bruder ist zurückgekehrt, Schwesterherz!«, brüllte Tribas aus vollem Hals und marschierte kurz darauf mit einem sichtlich erschöpften Audius in den warmen Wohnbereich. Audius war nicht wirklich mein Bruder, das war keiner von meinen ehemaligen Kriegern. Allerdings standen wir uns so nahe, dass ich sie gerne so bezeichnete. Tribas benutzte das Wort besonders oft um Späße zu machen, aber ich denke, er mochte es einfach, wenn ich sie so nannte.

Schlurfend schleppte sich mein ehemaliger Stellvertreter zum Tisch und ließ sich auf einen der vielen Stühle in der Essecke fallen. Seine einst gesunde Gesichtsfarbe wirkte blass und unter seinen Augen lagen dunkle Ringe. Beinlinge und Wams starrten vor Dreck, sein gesamter Körper, schien mehr als nur einmal die volle Ladung Schlamm abbekommen zu haben. Die erste Etappe der Reise in die Hauptstadt bestand nur aus Waldwegen und Bergpfade. Nur die letzten Seir konnten auf gepflasterten Steinstraßen beritten werden.

»Wie ist es gelaufen?«, erkundigte ich mich und stand mit einer Hand auf meinem gerundeten Bauch von Timors Pritsche auf.

Audius hatte die Aufgabe gehabt, die Landkarte mit den geheimen Notizen aller Nebenreiche Ashkolons Atamaras neugekröntem Herrscher auszuhändigen. Nachdem Soltan Beytaht unser Reich annektiert hatte und Atamara zu unserem einzigen Zufluchtsort geworden war, drohte uns nun vom Soltan dieselbe Gefahr.

Sobald ich mir der Bedrohung gewahr wurde, hatte ich keinen Augenblick gezögert und Audius damit beauftragt, die unschätzbaren Informationen zu überbringen. Die Hartnäckigkeit, mit der ich alle Geheimnisse meiner Feinde auf meiner Landkarte verewigt hatte, sollte sich nun auszahlen. Was Tarsus von Atamara jetzt an geheimen Daten besaß, war mit Gold nicht aufzuwiegen.

Er verfügte über alle Beschreibungen der offiziellen und inoffiziellen Zugänge zum herrschaftlichen Palast in Zarranien, wo Beytaht bis vor Kurzem mit seinen engsten Beratern und seiner Schar an Haremssklavinnen geweilt hatte. Es wäre für Tarsus ein Leichtes, einen Spion in den Palast zu schleusen, ohne dass es jemand bemerkte.

Auch alle detaillierten Angaben der Heerlager, wie deren Mann- und Waffenstärke, die Abläufe im Heer sowie sämtliche Zulieferer von Nahrungsmittel hatte ich mit aufgeführt. Selbst die Freudenhäuser, waren auf der großen Landkarte vermerkt. Weibliche Assassinen könnten als Prostituierte in die Lager gebracht werden, ohne Verdacht zu erregen. Beytahts Schwäche für Frauen war durchaus bekannt. Ein Herrscher, der dem Gift einer Verführerin erlag, wäre nichts Neues.

Nicht zu unterschätzen waren auch die Namen der Adligen, die gewillt waren, Beytaht in allen Belangen treu zu folgen, und jene, die zwar Handel mit ihm trieben, aber nur auf eine Gelegenheit warteten, ihm den Dolch in den Rücken zu rammen.

Aber damit nicht genug. Einer der wichtigsten Punkte war die Offenlegung ihrer größten Einnahmequellen. Ich hatte Stand und Anzahl aller Minen in Zarranien notiert. Allgemein war bekannt, dass das Land seit Jahrhunderten unter der Dürre litt, aber ich wusste es besser. Dieses karge Reich hatte so viele Feuersteinbergwerke vorzuweisen, das einem Hören und Sehen vergehen würde. Die Feuersteine wurden beinahe in alle Reiche geliefert und brachten somit ein Vermögen ein.

Im südlichsten und trockensten Gebiet nahe der Salzwüste bauten sie weit unter der Erde Quarz und Opal ab. Im östlichen Teil des Landes war es Eisenerz, aus dem die berüchtigten Zarranier Breitschwerte geschmiedet wurden. Die Waffen wurden an jeden Herrscher geliefert, der es sich leisten konnte, sein Heer damit auszustatten.

Während der werte Soltan seine Taschen weiter mit Gold füllte, statt es seinem Volk zugutekommen zu lassen, und immer mehr Land für sich beanspruchte, das ihm nicht gehörte, hatte meine Wut überhandgenommen. Aus diesem Grund hatte ich angefangen, alles aufzuschreiben, was mir wichtig erschien. »Ehrlich gesagt sah es zu Anfang nicht so aus, als würde ich Tarsus zu Gesicht bekommen. Die Torwache verweigerte mir, einem dahergelaufenen Bauern«, Audius schnaubte abfällig, »den Zutritt in den Palast. Sein Herrscher hätte Wichtigeres zu tun, als sich die banalen Beschwerden eines Bettlers anzuhören. Aber natürlich hat mich dieses Hindernis nicht von meinem Vorhaben abgehalten. Ich habe so getan, als würde ich wieder gehen. Sobald mir die Wache den Rücken zugekehrt hat, bin ich in die hängenden Gärten abgebogen. Ich muss dir nicht sagen, wie praktisch diese Zurschaustellung von Reichtum für Eindringlinge sein kann«, meinte er grinsend und verschränkte seine muskulösen Arme vor der Brust. Meine Lippen zuckten bei der Vorstellung, wie die Wachen ihn abwiesen.

»Es war geradezu beleidigend einfach, die Mauer hinaufzuklettern, um von dort aus über das gestufte Dach in den hinteren Winkel des Anwesens zu gelangen. Nachdem ich den kleinen Rosengarten entdeckte, zählte ich die Fenster ab, wie du es mir geraten hast. Ich schwang mich ins Gebäude und landete direkt in Tarsus' Privatgemächern. Aber er war nicht dort, also machte ich mich auf die Suche. Ich schlich ins Vorzimmer und nahm die geheime Tür, die zum Verlies führte, und kam nach einer Weile hinter einem schweren Vorhang in der Empfangshalle heraus. Tarsus diskutierte lautstark mit zwei grauhaarigen Männern, die vermutlich seine Berater waren. Er schien mehr als nur missgelaunt zu sein. Wie ein Verrückter schrie und tobte er, um sich über den zarranischen Bastard auszulassen. Er gab Flüche von sich, die ich in meinem ganzen Leben noch nicht gehört habe. Er hat von dem Schreiben mit Beytahts Ultimatum gehört, das auf dem Weg zu ihm war, und war kaum zu bändigen«, gab Audius das Gesehene wieder und stützte sich mit dem Ellenbogen auf dem Tisch ab. Schritte kündigten den alten Heiler an, der mit einer Eintopf gefüllte Tonschüssel um die Ecke bog und den Raum betrat.

»Du musst hungrig, sein Junge. Hier, nimm erst mal etwas Anständiges zu dir«, meinte Nimerus fürsorglich und stellte die Schüssel vor dem entkräfteten Audius ab.

»Danke dir«, entgegnete Audius mit leuchtenden Augen und tauchte seinen Holzlöffel in den dampfenden Eintopf. Lächelnd sahen wir ihm zu, wie er die Mahlzeit in kurzer Zeit verschlang und um Nachschlag bat.

»Meine Güte, hast du keine Rast eingelegt, um etwas zu essen? Dass du ein Mahl so herunterschlingst, kenne ich von dir gar nicht«, wunderte sich Tribas lachend und schüttelte den Kopf.

Nimerus sah ebenfalls verblüfft drein. Er war jahrelang als Heiler in meinem Lager tätig gewesen, bis wir in zarranische Gefangenschaft gerieten und gezwungen gewesen waren, zu fliehen.

Der alte Medicus hatte viel verloren, sowie meine Krieger und ich. Als Heerführerin wurde mir alles entrissen, was für mich einst von Bedeutung war: meine Heimat, mein Ziehvater, der alles an Familie gewesen war, das ich besaß und mein angesehener Posten. Leider hatte ich einen wesentlichen Beitrag dazu geleistet, dass es überhaupt so weit gekommen war. Indem ich dem Feldherren der Zarranier, der als Sklave in mein Lager eingedrungen war, bedingungslos vertraut hatte, konnten die Zarranier unsere Schwachstellen aufdecken und ausnutzen. Dastans Verrat hatte mich fast zerstört. Jetzt war es an der Zeit, dass er und Beytaht für ihre Taten büßten – und der erste Schritt dafür war mit der Weitergabe der Landkarte getan.

Nimerus lief zurück in die Küche, um die Schüssel erneut zu füllen, während Audius fortfuhr.

»Die Anwesenden waren alle damit beschäftigt, Tarsus zu besänftigen, sodass niemand sah, vorher ich kam. Bevor ich den König auf mich aufmerksam machen konnte, streifte Tarsus' Blick meinen. Im nächsten Augenblick fuhr er herum, um mich genauer in Augenschein zu nehmen. Seine Brauen hoben sich erstaunt als er mich mitten im Saal stehen sah. Nach kurzem Zögern winkte er mich zu sich. Als ich dann vor ihm stand, reichte ich ihm den Köcher, und er nahm ihn an sich. Er öffnete die Klappe, zog die Karte heraus und breitete sie auf einem Tisch aus. Es dauerte eine Weile, bis er verstand, was er vor sich liegen hatte. Dann wich ihm alle Farbe aus dem Gesicht.«

Audius gluckste zufrieden und lehnte sich zurück, damit Nimerus ihm die gefüllte Schüssel vorsetzen konnte.

»Ich habe selten einen König um Worte ringen sehen. Ein Anblick für die Ewigkeit, sage ich euch. Während er sich mit seinen Männern über die Notizen beugte, schlich ich mich dem Saal auf dem offiziellen Weg nach draußen. Kein Grund, ihn wissen zu lassen, dass ich mich in seinen Geheimgängen bestens auskannte.« Er lachte und Tribas verdrehte genervt die Augen.

Audius redete weiter und tauchte seinen Löffel in den Eintopf: »Weil die Gefahr bestand, von Tarsus Spurenlesern verfolgt zu werden, bin ich drei volle Tage ohne längere Pausen durchgeritten und habe dabei viele Umwege in Kauf genommen. Ein Tarsus auf unserer Türschwelle ist das Letzte, was wir gebrauchen können.« Er schnaubte und löffelte sich den noch dampfenden Fleischeintopf in den Mund. Diesmal ließ er sich Zeit und aß gemächlicher.

Ich nickte zustimmend. Wir hatten genug mit uns selbst zu tun, da wäre es ungünstig noch mehr Aufmerksamkeit auf uns zu ziehen.

Als er seinen Teller geleert hatte, lehnte er sich gesättigt zurück und sah mich aus müden Augen an. Ich ging zum Fenster hinüber und öffnete die Läden, damit frische Luft hineinströmte. Die eiskalte Brise kündigte Schneefall an. Bald würden Schneemassen Berge und Täler unter sich begraben und die Pfade unpassierbar machen. Vielleicht schon heute Nacht, dachte ich und lehnte mich mit der Schulter gegen den Rahmen um hinauszusehen. Gut, dass wir unsere Vorräte aufgestockt hatten. So mussten wir in nächster Zeit nicht ins Dorf reiten. Je weniger wir uns dort blicken ließen, desto besser. Dastan und seine Männer suchten uns sicherlich überall.

»Ist etwas Besonderes passiert, während ich im Dienste meiner Schwester unterwegs war?«, erkundigte Audius sich gut gelaunt.

Ich zuckte vage mit den Schultern. Ich dachte kurz nach und schüttelte dann den Kopf. »Außer das ich Dastan begegnet bin, nein. Sonst gab es nichts Besonderes.«

„Wer leidenschaftlich liebt, hasst auch leidenschaftlich."

Elenas

Audius' Zischen hallte durch die angespannte Stille. »Du bist was? Sag bitte, dass ich mich verhört habe!«, rief er bestürzt und ich spürte seinen fassungslosen Blick in meinem Rücken. Ich fuhr mir mit der Hand über meine Augen. Es war noch nicht einmal Zeit für das Nachtmahl, doch ich war schon maßlos erschöpft. Vermutlich lag die ständige Müdigkeit an der Schwangerschaft. Seufzend strich ich mir über den kreisrunden Bauch.

»Ich wollte mit Tribas auf dem Markt ein paar Kräuter für Nimerus besorgen, da bin ich ihm direkt in die Arme gelaufen«, gab ich mein ungewolltes Zusammentreffen wieder und erinnerte mich an Dastans ungläubigen Blick, der mich seit jenem Tag verfolgte.

»Was macht er hier in Atamara?«, knurrte Audius.

Ich blickte über meine Schulter, um zu antworten, da kam er mir zuvor und hob eine Hand. »Er ist derjenige, der Tarsus das Schreiben überbringen soll, nicht wahr?«, mutmaßte er und traf mit seinen Worten ins Schwarze.

Ich nickte.

»Das hätte ich mir denken können!«, spie er und schlug mit der Faust auf den Tisch. Mit einem undefinierbaren Laut schloss er die Augen und vergrub seinen Kopf in den Händen.

Betretene Stille hüllte uns ein.

Nach einer Weile ergriff Audius wieder das Wort. »Ich hoffe, dass er nicht genauso leidenschaftlich hasst wie er liebt, sonst steckst du in Schwierigkeiten, Elenas.«

Unwillkürlich erinnerte ich mich an den letzten Tag unserer Gefangenschaft im zarranischen Heerlager zurück. Nimerus hatte mir während meiner Bewusstlosigkeit ein Mittel verabreicht, um meine Körpertemperatur und meinen Herzschlag auf ein Minimum zu senken und so meinen Tod vorzutäuschen. Dastan war am Boden zerstört gewesen als er mich verloren glaubte. »Ein Glück, dass er im Augenblick Dringenderes zu tun hat, als mich zu suchen. Timor beschattet das Gasthaus im unteren Bezirk der Stadt, in dem Dastan sich mit seinen Männern niedergelassen hat. Wir wissen, dass er heute Morgen aufgebrochen ist, um nach Zahra zu reiten.« Ich atmete geräuschvoll aus.

Fragend hob mein ehemaliger Stellvertreter eine Braue.

»Ich hege keinen Zweifel, dass er mich aufspüren wird. Ich weiß nur nicht, was es ihm bringen soll.« Ich schüttelte den Kopf. »Unsere gemeinsame Zeit ist vorbei, unsere Geschichte zu Ende. Dass er mich findet, wird weder etwas an unseren gegensätzlichen Positionen noch an unserer Situation ändern. Selbst unser Kind wird nichts daran ändern. Wir sind fertig miteinander«, fügte ich hinzu und meinte es auch so. Wir wurden nicht dazu geschaffen, bis ans Ende unserer Tage miteinander alt und glücklich zu werden.

»Was wirst du tun, wenn er irgendwann vor deiner Tür steht?«, wollte Audius wissen.

Ich dachte eine Weile über seine Worte nach, aber mein Kopf war wie leer gefegt. »Frag mich erneut, wenn es so weit ist«, entgegnete ich resigniert und verließ den Raum.

Es war bereits nach Mitternacht. Audius war in die Herberge zurückgekehrt und Nimerus hatte sich vor Stunden zur Ruhe begeben. Während ich auf den Stufen der Veranda saß und die Sterne beobachtete, drehte Tribas seine Runden um das weitläufig eingezäunte Haus. Ab und An erschien seine Silhouette zwischen den Bäumen, bevor ihn die Dunkelheit erneut verschluckte und er aus meinem Blickfeld verschwand.

Er und Tribas hatten darauf bestanden, abwechselnd die nähere Umgebung im Auge zu behalten, falls Dastan unseren Aufenthaltsort erfahren hatte und uns einen Besuch abstatten wollte. Mein Einwurf, dass solche Vorsichtmaßnahmen nicht nötig waren, wurde geflissentlich überhört. Ich hatte versucht, ihnen zu erklären, dass Dastan niemand war, der sich irgendwo anschleichen würde. Dastan würde vielmehr an die Tür klopfen und Einlass verlangen, selbst wenn er wusste, dass er nicht lebend aus diesem Gebäude herauskommen würde. Allerdings sprach die Tatsache, dass er sich in unser Hauptlager geschlichen hatte, gegen ihn. Weshalb sich die Männer nicht hatten überzeugen lassen und Timor sogleich die erste Schicht übernommen hatte.

Mit dem beißenden Wind wehte das Gurren einer Eule zu mir herüber. Da ich nicht schlafen konnte und nicht vorhatte stundenlang die Decke anzustarren, wickelte ich mich enger in den Umhang. Sobald ich die Augen schloss, fand ich mich mit Dastan auf dem Markt wieder. Dastans entsetzter Blick, zeigte so viel Bestürzung und Schmerz, dass mir übel wurde. Nachdem Tribas ihn mit dem Schwertknauf niedergeschlagen und mir somit die Gelegenheit zur Flucht ermöglicht hatte, war sein Aufbrüllen noch in der nächsten Gasse zu hören gewesen. Er hatte geschworen mich zu finden und Nomlep nicht ohne mich zu verlassen. Mir war, als hallten seine Worte in meinen Ohren wieder. Warum konnte er es nicht gut sein lassen? Er sollte mich in Frieden lassen und seiner Wege gehen.

War das Baby das Einzige, was ihn an mich band, oder gab es da tatsächlich noch mehr? Er hatte gesagt, er liebt mich – das glaubte ich ihm sogar. Zu diesem Zeitpunkt hatte er von unserem Kind noch nichts gewusst. Aber es war seit seinem Verrat an mir, so viel Leid geschehen, dass auch seine Liebe keinen Wert mehr hatte.

Und was war mit mir? Was fühlte ich? Allein Dastans Nähe hatte mein Herz so hart gegen meine Brust schlagen lassen, dass ich befürchtete, es springe gleich heraus. Ich hatte mich an seinem Gesicht nicht sattsehen können, obwohl mir jede Kante, jede Mulde und jedes Fleckchen Haut so vertraut gewesen war, als wäre es mein eigenes.

Als er noch ein einfacher Sklave im Hauptlager gewesen war, hatte es Tage gegeben, an denen ich nichts anderes getan hatte, als ihn stundenlang zu beobachten. Während er sich um meine Waffen kümmerte, sie schleifte und reparierte gab ich vor an Dokumenten zu arbeiten. Oft tat ich das auch aber noch öfter beobachtete ich ihn einfach bei der Arbeit. Als ich ihm auf dem Markt begegnete war mir sofort bewusst gewesen, dass er in Beytahts Auftrag unterwegs war und ich fliehen musste, aber ich hatte mich nicht rühren können. Dastans eindrucksvolle Präsenz hatte mich erstarren lassen. Sein unverkennbarer Geruch von Wald und Moschus hatte meinen Verstand benebelt und mich handlungsunfähig gemacht. Bevor ich mich versah, griff seine Hand nach meinem Oberarm.

Himmel, wie sehr ich ihn vermisst hatte! Das wurde mir erst in dem Augenblick bewusst als er plötzlich vor mir stand. Sein schelmisches Lächeln, seine Berührungen, seine Stimme. Ich war hin- und hergerissen in meinen Gefühlen zu Dastan. Seufzend legte ich eine Hand auf meinen gewölbten Bauch. »Nicht mehr lange und dein Vater wird hier sein. Freust du dich schon, seine Stimme zu hören, meine Kleine?«, fragte ich meinen Bauch und erhielt einen leichten Tritt als Antwort. »Soso, du kannst es also kaum abwarten?«, entgegnete ich grinsend und erhielt noch einen festeren Tritt.

Im selben Atemzug ließ mich ein stechender Schmerz im Rücken ächzend nach vorne beugen. Stöhnend krümmte ich mich und harrte aus, bis er nachließ. In letzter Zeit geschah das öfter, Nimerus war der Ansicht, dass sich mein Körper auf die Geburt vorbereitete. Das Einzige, was ihm dabei Sorge bereitete, war der unpassende Zeitpunkt. Die Niederkunft sollte erst in vier Monaten stattfinden.

„Ich wünschte, ich könnte sie hassen."

Dastan

Der herrschaftliche Landsitz Atamaras thronte auf dem Âchyrâ Berg, von dem aus man über die Hauptstadt Zahra blicken konnte. Das aus kostbaren Weißstein gemeißelte Gemäuer mit seinen dutzenden Stützsäulen war wirklich nicht zu übersehen. Obwohl ich vor einigen Jahren mit meinem Soltan schon einmal hier gewesen war, erschreckte mich die beachtliche Größe des Palastes. Der Festungsgürtel war mindestens zehn Schritte hoch und mehrere hundert Schritte lang.

Als wir an der Festungsmauer entlangritten, betrachtete ich kopfschüttelnd die akkurat gepflegten Anlagen, in denen alle möglichen Arten von Bäumen, Pflanzen und Tieren lebten. Die Bereiche waren mit verzierten Eisengittern voneinander getrennt. In einem Bereich waren bunt schillernde Vögel zu sehen. Im nächsten schwarze Äffchen in verschiedenen Größen, die sich von Ast zu Ast schwangen und schrille Töne von sich gaben. Ein anderer Teil war mit exotischen Pflanzen und Bäumen übersät, die mit ihren außergewöhnlichen Formen und Farben vermutlich an keinem anderen Ort dieses Kontinents zu finden waren. Besonders in meiner Erinnerung geblieben ist das gestufte Dach, dessen Ende man von unserem Stand unterhalb der Festungsmauer aus, nicht erkennen konnte. Es erstreckte sich über vier Ebene. Mit jeder Abstufung veränderten sich auf den Geschossen die Arten und Farben der Pflanzen und Blumen. Die höchste Fläche erblühte in verschiedensten Rottönen, die mittlere in Flieder- und Blaunuancen. Das unterste Areal bot Platz für ein gelb-weißes Blütenmeer. Efeuranken hingen von den Seiten der Dächer hinab und schlängelten sich um die Säulen. Mit der Dichte an Blättern verdeckten sie den Stein darunter, und verliehen dem Gartenbereich einen trügerischen Schein von Beständigkeit. Man hatte das Gefühl, dass die Natur hier gewesen war bevor der Palast errichtet wurde. Wen wollte man hier eigentlich mit dem Prunk beeindrucken? Die einfachen Leute vom Land oder die Kaufmänner?

Wir ritten bis zum Haupttor vor und warteten darauf, eingelassen zu werden. Ein Räuspern hinter mir ließ meinen Blick zu Shiman wandern, der aussah, als hätte er in einen sauren Apfel gebissen. Ich hatte alle Männer bis auf Useyn mitgenommen, der Augen und Ohren offen halten sollte, um etwas von Elenas oder ihren Männern aufzuschnappen. Elenas ...

Ich hatte die ganze Nacht kein Auge zugetan, weil ich befürchtet hatte, dass alles nur ein Traum gewesen war. Eine verwaschene Erinnerung an einen Augenblick, der nur in meiner Fantasie stattgefunden hatte. Diese Befürchtung erschreckte mich in einem Maße, das ein Medicus wohl als Wahnsinn bezeichnen würde.

Ich hätte es nicht ertragen, wenn ich mir hätte eingestehen müssen, dass ich mir ihren Duft nach Flieder und die leuchtend grünen Augen nur eingebildet hatte. Dass ich ihr so nah gewesen war, dass ich sie hätte küssen können. Ich hatte panische Angst gehabt, sie erneut zu verlieren und wieder nur mit dem schwachen Trost an verblassenden Erinnerungen dazustehen.

Ich schüttelte den Gedanken an die Frau ab, die ihren Tod vorgetäuscht hatte, und konzentrierte mich auf das Hier und Jetzt. Für Elenas hatte ich später noch genug Zeit.

Eine Wache erschien auf der Wehr über uns und beugte sich vor.

»Mein König erwartet dich und deine Männer, Heerführer. Allerdings sind Waffen im Palast nicht erlaubt. Ihr müsst sie ablegen, bevor ihr zum Herrscher vorgelassen werden könnt«, informierte er uns.

»So soll es sein«, erwiderte ich.

Die verzierten Eisentore schwangen auf und wir ritten auf einem breiten Weg, der etwa hundert Schritt vom Palast entfernt lag. Grün, soweit das

Auge reichte, was mich den Kopf schütteln ließ. Ashkolon galt als äußerst fruchtbar aber Atamara war das blühende Paradies. Vor dem Palast zügelten wir unsere Pferde. Ich bemerkte, wie einer meiner Männer von hinten an mich herantrat.

»Meinst du, der Palast ist immer so gut bewacht oder liegt es daran, dass sie Besuch erwarten?«, flüsterte Haatif, was mich ein wenig grinsen ließ.

»Wohl eher Letzteres. Es gibt keinen Grund uns zu trauen«, meinte ich achselzuckend und machte mich daran, mein Waffenarsenal abzulegen. Als wir uns des schweren Eisens entledigt hatten, türmte sich ein ansehnlicher Haufen auf den steinernen Stufen zum Eingang auf. Ich nickte dem Krieger auf der Schwelle zur Palastpforte zu und er schritt voran.

Das prunkvolle Äußere verblasste im Vergleich zur Inneneinrichtung. Mit der schwindelerregend hohen gewölbten Decke und den Malereien in den Bögen, war es unbestreitbar schön.

Wir liefen durch einen langen mehrfach gewinkelten Korridor, der mit einem roten handgeknüpften Teppich ausgelegt war. Die Flurwände waren mit Gold verzierten Wandmustern geschmückt und teilweise mit kostbaren Gobelins behangen.

Nach der gefühlt hundertsten Biegung offenbarte sich ein riesiger Saal, dessen Marmorboden mich durch seinen Glanz fast erblinden ließ. Während wir uns Schritt für Schritt der Tafel näherten, an der Tarsus mit einigen Männern saß, kam ich nicht umhin, mir den Saal genauer anzusehen. Ein halbes Dutzend auf Hochglanz polierter Marmorsäulen stützten den prächtigen Bau und ließen dabei den Raum nicht kleiner aussehen. An der gegenüberliegenden Wand konnte ich einen Kamin ausmachen, der aber nicht der Einzige zu sein schien. Zu allen Seiten hingen dutzende, wenn nicht hunderte Fackeln in den Halterungen, die im Moment entzündet waren.

Als wir bei Atamaras neuem König anlangten, bemerkte ich den riesigen Wandteppich hinter der Tafel, auf dem er mit seinem verstorbenen Vater abgebildet war. Der alte König saß hoch zu Ross auf einem Schimmel und sah auf seinen jungen Sohn herab. Im Hintergrund ragte der Palast auf und ein Sturm braute sich am Himmel zusammen.

Ein Schnaufen ertönte hinter mir, was meine Lippen zucken ließ. Wie es aussah, war ich nicht der Einzige, der dem ganzen Prunk nichts abgewinnen konnte.

»Eine hervorragende Arbeit nicht wahr?«, erkundigte sich Tarsus lächelnd.

Ich lenkte meine Aufmerksamkeit auf den Mann, für den ich diese Reise angetreten hatte. Nickend stimmte ich ihm zu. Ich wollte nicht unhöflich erscheinen.

Mit einer Geste bedeutete er mir, mich zu setzten, und ich folgte der Aufforderung. Meine Männer blieben hinter mir stehen.

»Nun, Feldherr, ich hörte, Ihr habt eine Nachricht für mich.« Es war keine Frage, weshalb es keiner Antwort bedurfte. Ich nickte und griff in meine Brusttasche.

Seine Berater, die sich hinter seinem Rücken aufgestellt hatten, sahen mich neugierig an, wobei mir das amüsierte Funkeln in ihren Augen nicht behagte. Es erweckte fast den Anschein, als wüssten sie etwas, das mir verborgen blieb.

Ich zog sie raus und reichte sie ihm. Schweigend brach er das Siegel und las die Nachricht. Seufzend faltete er den Brief und richtete seinen stechenden Blick wieder auf mich. Sein Kiefer spannte sich an, während er mich musterte.

Atamaras Herrscher und ich waren uns nicht fremd. Als er noch seinem Vater diente, sind wir uns einige Male über den Weg gelaufen. Er war in Beytahts Alter, Anfang vierzig und für einen König noch recht jung.

»Was erwartet Ihr jetzt von mir?«, verlangte er zu wissen und lehnte sich in seinem Sitz zurück. Aus schmalen Augen starrte er mich an, kräuselte dabei nachdenklich die Lippen.

»Es steht mir nicht zu, Euch zu sagen, wie Ihr zu handeln habt«, entgegnete ich ehrlich und sah zu seinen Beratern hoch. »Wenn Ihr allerdings erlaubt, möchte ich Euch ein paar wohlgemeinte Worte mitgeben. Unter vier Augen, wenn es genehm ist«, bat ich ihn um Diskretion.

Mit einer Handbewegung scheuchte er seine Berater aus der Halle. Ich warf Shiman und den anderen ebenfalls einen Blick zu und sie zogen sich zurück. Dann waren wir allein.

»Ich höre, Feldherr.«

»An Eurer Stelle würde ich kämpfen«, sagte ich geradeheraus und sah ihm dabei in die Augen. Das war wohl nicht das, womit er gerechnet hatte. Verwunderung blitzte in seinen Augen auf und er neigte fragend den Kopf. »Mir ist durchaus bewusst, dass ich als Beytahts Feldherr so etwas nicht sagen sollte. Nichtsdestotrotz bin ich ein Mann der die Wahrheit schätzt, selbst wenn wir auf verschiedenen Seiten stehen«, meinte ich gedehnt.

Er nickte verstehend. »Eure Worte werden diese Halle nicht verlassen«, versprach er mir, als wäre seine Versicherung der einzige Grund, weshalb ich mich traute, meine Meinung zu sagen. Er hatte keine Ahnung, wie sehr ich Beytaht hasste. »Fahrt fort.«

»Ich an Eurer Stelle würde wie ein Wirbelsturm über Beytahts Heer fegen, bis kein Mann mehr aufrecht steht. Nichts würde ich unversucht lassen, um an ihn persönlich heranzukommen. Ihr könnt ihn schwächen und ihn mit seinen eigenen Waffen schlagen. Aber dafür braucht Ihr ergebene, loyale Verbündete. Allein werdet Ihr dieses Ziel nicht erreichen.«

Vor meinen Augen erschien die Schlacht in Düvven. Ich schüttelte den Kopf, um die Bilder zu vertreiben. Elenas hätte loyale Verbündete gebraucht.

»Euch sollte eines klar sein: Beytaht agiert nicht allein, sondern mit Königin Caledonia und König Anthimus. Sie haben einen Pakt geschlossen. Der Soltan erwartet nicht, dass Ihr Euch mit anderen Reichen verbündet und genau deshalb solltet Ihr genau das tun. Am besten noch heute. Das ist die einzige Möglichkeit, um Beytaht zu zeigen, dass Ihr ein ernst zu nehmender Gegner seid, der nicht nur tausende Männer hinter sich stehen hat, sondern ganze Länder, sollte Beytaht es wagen, Euch anzugreifen.« Tarsus sah mich prüfend an, dann nickte er. Dass er mir glaubte, erkannte ich an seinem Blick.

»Mir kam zu Ohren, dass Ihr Elenas ehelichen wolltet, falls sie ihre Verletzung überlebt. Hat sie Euch denn geliebt?«

Einige Wimpernschläge lang konnte ich nicht darauf antworten, weil ich nicht mit so einer persönlichen Frage gerechnet habe. Die Worte verließen meinen Mund, bevor ich sie zurückhalten konnte. »Ich habe sie verraten. Wenn sie mich tatsächlich geliebt hat, wurde sie eines Besseren belehrt.« Ich erhob mich. »Ich werde nicht mehr lange in Beytahts Dienst stehen. Ehrlich gesagt, war dies die letzte Aufgabe, die ich für ihn ausgeführt habe. Gebt mir bitte Eure Antwort, Herrscher, damit ich sie ihm überbringen und anschließend meiner Wege gehen kann«, bat ich ihn.

Er nickte träge.

»Wie Ihr wollt, Feldherr. Vorher möchte ich, dass Ihr wisst, dass es immer einen Platz in meinem Heer für Euch geben wird, solltet ihr je die Seite wechseln.« Er seufzte und erhob sich ebenfalls.

Das würde niemals geschehen. Ich verachtete Beytaht, nicht mein Land.

»Sagt Eurem Soltan, er wird Atamara sein nennen, wenn die Sonne im Westen aufgeht und im Osten untergeht. Wenn kein Stein mehr auf dem anderen steht und Atamaras Boden mit dem Blut meines letzten Kriegers getränkt ist, gehört dieses Land ihm.«

»So soll es sein.« Ich nickte, wandte mich ab und verließ mit meinen Waffenbrüdern den Palast.

„Wäre Liebe doch heilbar!“

Dastan

Ich lenkte mein Pferd auf den schmalen durchweichten Pfad, der zum äußeren Rand des Dorfes führte. Thevek hatte mir grob den Weg zur Hütte beschrieben, die ich heute aufsuchen wollte.

Im Dorf Anshera hatte ich eine Gruppe spielender Kinder angetroffen und mich nach dem allein lebenden alten Mann erkundigt, der vor einigen Monaten hergezogen war. Sie hatten mir den genauen Weg beschrieben, sodass ich nun auf die unebene Straße abbiegen konnte.

Am Waldrand erblickte ich größtenteils von knorrigen Ästen und dichten Büschen verdeckt eine heruntergekommene Steinhütte, auf die Theveks Beschreibung passte. Mit ihrer geringen Größe konnte sie vermutlich nicht mehr als zwei Personen beherbergen, aber das musste sie auch nicht. Sie reichte einer Person vollkommen aus und erfüllte damit ihren Zweck.

Ich zügelte das Pferd und stieg ab. Vor der Tür blieb ich stehen und klopfte mehrmals hart gegen das abgenutzte Holz, das mehr als nur an einigen Stellen morsch war. Gedämpfte Schritte waren von drinnen zu hören, die vor der Tür innehielten. Knarrend öffnete sich die Tür einen Spalt breit, ein Paar graue Augen kamen zum Vorschein.

»Dastan, seid Ihr das?«, erkundigte sich eine kratzige Stimme.

Ich nickte kurz.

Die Tür öffnete sich ganz und der alte Mann trat beiseite, um mich hereinzulassen. Mit zwei Schritten gelangte ich in den Wohnbereich. Zu meiner rechten lugte hinter einem halb zugezogenen Vorhang eine Schlafkammer hervor. Mir gegenüber stand ein Ofen aus Gusseisen mit einigen Schränken und Haken an der Wand, an denen Becher und Töpfe hingen. Die Einrichtung war auf das Nötigste reduziert.

»Wir haben uns lange nicht gesehen«, ertönte Vitaans Stimme in meinem Rücken und ich wandte mich ihm zu.

Noch bevor Yophillis in Schutt und Asche liegen konnte, hatte ich ihn aus der Stadt schaffen und hierher bringen lassen. Wohlwissend, dass ich damit Verrat an meinem König übte, hatte ich das Leben von Elenas Ziehvater um jeden Preis retten wollen. Sie hatte genug verloren, ich wollte ihr nicht auch diesen Verlust aufbürden. Ich bereute meine Entscheidung nicht.

»Das stimmt, aber bislang gab es auch keinen Grund, das zu ändern«, entgegnete ich und sah mich im Raum um.

Bedächtig lief er an mir vorbei zum Ofen und zog an dem Hebel der Abdeckung. Er warf ein paar Scheite hinein und griff sich einen Teekessel. Die Feuerstelle färbte sich glühend rot, während er den Behälter mit Wasser füllte und ihn drauf stellte.

»Nehmt Platz, ich mach uns einen Tee. Oder seid Ihr hungrig?«, wollte er mit einem Blick über die Schulter wissen. »Ich könnte Euch ein-«

»Nein danke, Tee ist gut«, unterbrach ich ihn und setzte mich auf die schmale Holzbank, auf der ein dünnes Polster lag.

Er ließ sich mir gegenüber nieder und sah mich abwartend an.

»Wusstet du, dass Elenas noch lebt?«, fragte ich ihn geradeheraus.

Vitaan schien nicht zu verstehen, was ich sagen wollte. »Was meint Ihr damit?«, erwiderte er verwirrt und starrte mich aus geweiteten Augen an.

»Sie ist nicht gestorben, sondern lebt – und zwar in Atamara, keinen Tagesritt von dir entfernt«, antwortete ich barscher als beabsichtigt. Es bestand keine Möglichkeit, dass er von seiner Tochter wusste, dennoch machte mich allein die Vorstellung, dass es so sein könnte, wütend. Der Gedanke, dass jemand, der nur meinetwillen noch am Leben war, Kontakt zur der Frau hatte, die mir so viel bedeutete, war falsch.

Die trüben Augen des alten Mannes füllten sich mit Tränen.

»Wie kann das sein? Ich hörte, sie sei in dem Lager ums Leben gekommen, in dem Ihr gedient habt. Wenn jemand etwas über die Geschehnisse weiß, dann seid Ihr das«, entgegnete er und hob ratlos die Hände.

Ich stand auf und tigerte in dem viel zu kleinen Raum auf und ab. Seine Augen lagen unverwandt auf mir.

»Ich habe ihren reglosen Körper auf eine Bare gelegt und zugesehen, wie ihre Männer sie fortgebracht haben, um sie in Yophillis zu bestatten.« Allein die Erinnerung an diesen Tag machte mich unsagbar wütend. Ich zügelte den Zorn in mir, so gut ich konnte, um weiterzusprechen. »Ich dachte, das war's. Doch dann bin ich ihr vor zwei Tagen in Nomlep begegnet – quicklebendig stand sie vor mir. Verstehst du nicht? Sie hat mich hereingelegt und ihre Männer waren daran beteiligt. Nimerus muss ihr etwas gegeben haben, das den Anschein erweckte, sie sei nicht mehr am Leben«, vermutete ich. Eine andere Erklärung gab es für diese raffinierte Täuschung nicht.

Seufzend starrte ich eine eingerahmte Stickerei an, die an der Wand hing, ohne wirklich etwas zu erkennen.

»Ist es nicht bitter, dass ihr euch so nahe seid und nichts voneinander wisst?«, spottete ich und warf ihm über die Schulter einen Blick zu.

Tränen liefen über sein faltiges Gesicht und zogen Spuren über seine Wangen. Seine schmächtigen Schultern bebten, als er ein Stück Stoff aus der Tasche seiner Tunika zog und sich damit über die Augen fuhr.

»Sie lebt, den Göttern sei Dank«, flüsterte er erstickt. »Ich habe schon den Tag verflucht, an dem ich ihr das Angebot gemacht habe, beim Ausbilder in Batlong ein gutes Wort für sie einzulegen. Das war ein Fehler, sie hätte der Armee nie beitreten dürfen«, gestand er betrübt und hob sein tränennasses Gesicht.

»Kannst du dir vorstellen, wo sie sich in Nomlep aufhalten könnte?«, wollte ich wissen.

Dafür erntete ich ein empörtes Schnauben. »Was wollt Ihr jetzt noch von ihr? Reicht es nicht, dass sie alles verloren hat, weil sie Euch vertraut hat?«, verlangte er zu wissen und hob sein Kinn.

Ich biss die Zähne zusammen und wandte mich wieder ab. »Es wird erst genug sein, wenn ich sie zurückhabe!«, blaffte ich.

»Es gelüstet Euch nach Rache, habe ich Recht? Deshalb jagt Ihr sie wie ein Tier. Sie ist kein böser Mensch und schon gar nicht auf List und Tücke aus. Sie verdient Euren Groll nicht. Wenn sich jemand für etwas schämen müsste, dann seid Ihr das. Ihr habt gelogen und betrogen! Wenn sie Euch getäuscht hat, dann hat sie, mit Verlaub, für sich und ihre Männer das einzig Richtige getan«, wütete er. Er verteidigte Elenas wie ein Löwe seine Jungen.

Vitaan erhob sich und machte einen Schritt auf mich zu, als könnte er mich tatsächlich einschüchtern.

»Mein Kind trägt mehr Ehre und Anstand in sich als all Eure Männer zusammen. Ich lege für meine Tochter die Hand ins Feuer, Feldherr«, empörte er sich und presste sich eine bebende Hand auf die Brust.

Ein ungewolltes Lächeln huschte über meine Lippen angesichts seiner direkten Worte. Sie spiegelten meine eigenen Gedanken nur zu gut wieder. Mein Grinsen schien ihn noch wütender zu machen.

»Ich wüsste nicht, was so lustig sein sollte!« Er schnaufte pikiert und drückte den Rücken durch.

Mein Lächeln schwand, als ich dicht an ihn herantrat und auf ihn runterblickte. Ich musste es ihm zugutehalten, dass er nicht zurückschreckte oder nicht mal zuckte, obwohl ich ihn um fast zwei Köpfe überragte.

»Ich weiß, was ich falsch gemacht habe, und ich bereue es zutiefst, alter Mann. Könnte ich die Zeit zurückdrehen, hätte ich nie einen Fuß ins ashkanische Hauptlager gesetzt. Ich wäre Elenas niemals begegnet und sie hätte diese Schmach nicht über sich ergehen lassen müssen.« Ich schluckte hart. »Denkst du, ich weiß nicht, dass ich sie zerstört und ihr alles genommen habe? Trotz allem kann und werde ich nicht von ihr ablassen. Sie trägt mein Kind unter ihrem Herzen. Ich will verdammt sein, wenn mein Kind als Bastard gebrandmarkt wird und ohne Vater aufwächst.«

Plötzlich wich ihm alle Farbe aus dem Gesicht und seine Beine gaben nach. Blitzschnell griff ich nach ihm und stützte ihn, damit er sich auf den Stuhl setzten konnte.

»Euer Kind?«, krächzte er fassungslos und schaute mit riesigen Augen zu mir auf.

Ich hatte vergessen, dass er nichts davon wissen konnte. Er schien in seinen Grundfesten erschüttert zu sein.

»Aber wie konnte das geschehen?«, fragte er bestürzt, was mich ungewollt grunzen ließ.

»Auf die übliche Art und Weise würde ich sagen.« Schnaufend setzte ich mich ihm gegenüber. Die Ellenbogen auf die Knie gestützt wartete ich, bis er sich beruhigt hatte. Das Geräusch von zischendem Wasser erweckte meine Aufmerksamkeit. Der Inhalt des Kessels brodelte und spritzte auf die heiße Steinplatte.

Ich stand auf und zog den Teekessel mit einem Handtuch auf die andere Seite. Suchend blickte ich mich um und entdeckte das Schälchen mit den gemischten Kräutern. Ich schüttete die Kräuter in den Kessel und ließ sie eine Weile ziehen.

Anschließend goss ich den Tee in die beiden Tontassen, die Vitaan bereits hingestellt hatte, und brachte sie an den Tisch. Er sah mich lange an und ich brauchte einen Augenblick um zu erkennen, dass er nicht mich ansah. Ein verträumtes Lächeln lag auf seinen Lippen, als er seinen Blick auf die dampfenden Becher senkte.

»Die letzte Person, die mir Tee gemacht hat, war Elenas. Mein Mädchen war die Einzige, die sich ernsthaft nach meinem Befinden erkundigt und sich Sorgen um mich gemacht hat. Obwohl ich viele Freunde und Bekannte hatte, war sie diejenige, die mir am nächsten stand. Sie hat so hart daran gearbeitet, mir alles recht zu machen.« Das Lächeln verblasste und er seufzte kopfschüttelnd. »Obwohl ich ihr oft versichert habe, dass sie zuerst an sich selbst denken muss, bevor sie sich Gedanken über andere machen kann, hat sie es nicht lassen können. Hauptsache, ich war nicht enttäuscht von ihr. Sie ist etwas ganz Besonderes, Heerführer. All die Lügen und Intrigen, die ihren Ruf geschädigt haben, haben ihr nichts anhaben können. Sie ist über sich hinaus gewachsen«, erklärte er stolz.

Ich nickte verstehend. »Bis sie mich kennengelernt hat«, meinte ich trocken und fing Vitaans überraschten Blick auf.

»Ich weiß nicht, ob Ihr Fluch oder Segen wart, Feldherr.« »Auch wenn Ihr das jetzt nicht gerne hören wollt, so gab es vor Euch durchaus passable

Herren, die als Ehemänner infrage kamen. Unter ihnen ranghohe Krieger, Adlige sowie wohlhabende Kaufmänner, die geneigt waren, Elenas zu umwerben. Ich habe versucht, ihr die Ehe nahezubringen, aber sie wollte nichts davon wissen.« Vitaan seufzte schwer. »Sie muss Euch vertraut, wenn nicht sogar geliebt haben, um Euch so nahe an sich heranzulassen. Hätte sie eine Schwangerschaft verhindern wollen, hätte sie Wege und Mittel gefunden, um das zu tun. Mir kommt es so vor, dass sie etwas von Euch behalten wollte. Natürlich kann ich das nicht mit Sicherheit sagen, es ist nur eine Vermutung.« Er zuckt die Schultern. »Wollt Ihr Elenas Herz überhaupt zurückerobern?«

»Nichts will ich mehr«, entgegnete ich aufrichtig. »Lasst Euch aber eines gesagt sein: Verrat ist ein Vergehen, das sie nicht leicht vergibt. Ihr müsst Euch ins Zeug legen, wenn Ihr sie für Euch gewinnen wollt.«

»Dasselbe gilt für mich, alter Mann. Ich vergebe Täuschung nicht leichtfertig«, knurrte ich gereizt und stand auf. Bevor ich die Tür erreichte, wandte ich mich noch einmal um. »Sobald ich Elenas gefunden habe, lasse ich dich holen. Ich werde sie finden, daran hege keine Zweifel.«

„Gib dich, wie du bist."

Elenas

Ein lautes Klopfen an der Tür ließ mich alarmiert aufhorchen. Die Männer sprangen auf die Füße und zogen ihre Schwerter.

»Verdammt, wer kann das sein? Dastan?« Audius fluchte mit gesenkter Stimme.

Ich schüttelte den Kopf. »Er ist gerade erst mit seinen Männern aus Zahra zurückgekehrt. Er kann uns nicht so schnell gefunden haben«, entgegnete ich, war mir aber nicht wirklich sicher. Mein Herz schlug hart gegen meine Brust, meine Hände wurden schweißnass bei der Vorstellung, Dastan gleich gegenüberzustehen.

Wir gingen lautlos in den Flur hinaus und blieben vor der verriegelten Tür stehen. Tribas platzierte sich direkt hinter der Tür und Timor blieb auf der Schwelle zur Wohnkammer stehen.

Eine männliche Stimme ertönte von der anderen Seite des dicken Eichenholzes: »Ich möchte die Herrin des Hauses sprechen.« Mir war, als kannte ich den tiefen Klang, konnte mich aber nicht entsinnen, woher. Es blieb nicht genug Zeit, um weiter darüber nachzugrübeln.

»Öffne die Tür«, verlangte ich von Audius. Er warf mir einen unsicheren Blick zu. Als ich entschlossen nickte, entriegelte er mit wenigen Griffen das Schloss. Ein eisiger Wind fuhr durch den offenen Spalt, Schneeflocken verirrten sich hinein.

Ich erblickte drei dunkle Gestalten, die in gefütterten Umhängen mit gesenkten Köpfen auf der Veranda standen. Ihre Gesichter wurden von ihren Capes verborgen.

Zögernd zog der, der mir am nächsten stand, seine Kapuze zurück. Ein Gesicht kam zutage, dass mir durchaus bekannt war. Tarsus' Lippen verzogen sich zu einem kleinen Lächeln.

»Unsere letzte Begegnung liegt einige Jahre zurück, Elenas. Schön, dich wiederzusehen«, begrüßte er mich freundlich und nickte knapp.

Ich starrte Atamaras König an, irritiert angesichts seiner Anwesenheit in meinem Haus. Tarsus himmelblaue Augen hielten meinem verwirrten Blick stand, während ich versuchte zu verstehen, wie er von unserem Aufenthaltsort erfahren konnte.

Ich warf Audius einen fragenden Blick zu. Soviel zum Thema Keiner kann meine Spuren nachverfolgen. Tarsus bemerkte meinen Blick und trat einen Schritt vor.

»Sei nicht zu hart mit deinem Botschafter, Heerführerin. Ich habe die besten Fährtenleser in meinen Diensten. Es wäre kaum jemanden gelungen, seine Spuren gut genug zu verwischen, um nicht aufgespürt zu werden«, meinte er beschwichtigend, was mich resigniert aufseufzen ließ. Kopfschüttelnd trat ich einen Schritt zurück, damit der König eintreten konnte.

Er setzte einen Fuß in den Flur, seine Eskorte schickte sich an, ihm zu folgen. Mit einem Blick über die Schulter wies er seine Männer an, draußen auf ihn zu warten. Nach ihren Gesichtern zu urteilen, waren sie alles andere als begeistert von seinem Befehl, fügten sich jedoch wortlos und bezogen vor der Tür Stellung.

Als ich mich abwandte, stellte ich erleichtert fest, dass meine Brüder ihre Waffen weggesteckt hatten. Den hiesigen König mit gezückten Waffen zu empfangen, wäre mehr als unpassend.

Tarsus folgte mir in den Wohnbereich und ich wies ihm einen Stuhl zu, damit er sich setzen konnte. Nimerus schlief seit dem Abendmahl auf Timors Pritsche, wo er vor Erschöpfung mit dem Kinn auf der Brust eingenickt war.

Wir hatten am Nachmittag einige Pflanzen im Garten mit Leinentüchern abgedeckt und zusammengebunden, damit sie den Winter überstanden. Diese Arbeit hatte zwar nur wenige Stunden gedauert, aber es hatte gereicht, um den alten Mann auszulaugen.

Tarsus warf einen leicht verwunderten Blick auf den schlafenden Mann und sah dann mit erhobenen Brauen zu mir.

»Das ist mein Heiler aus dem Hauptlager«, erklärte ich kurz angebunden. Er nickte und setzte sich auf den Platz mir gegenüber. Meine Brüder verteilten sich im Raum und beobachteten ihn mit grimmigen Mienen.

Atamaras neu gekrönter Herrscher starrte mich an, als sähe er mich zum ersten Mal, dabei waren wir uns schon mehrmals begegnet. Er war bei allen vertraulichen Gesprächen, die ich einst mit seinem Vater, dem verstorbenen König im Auftrag meines Herrschers geführt hatte, anwesend gewesen. Tarsus war nicht nur der einzige eheliche Sohn des verstorbenen Königs, sondern auch dessen rechte Hand.

Nach einem langen Zögern räusperte er sich. »Als die Spurenleser mir die Nachricht brachten, das der Fremde«, er deutete auf Audius, »in eine Berghütte nahe der Stadt Nomlep eingekehrt war, dachte ich mir zunächst nichts dabei. Als sie jedoch von einer wunderschönen Frau mit leuchtend grünen Augen sprachen, wusste ich, dass nur du gemeint sein konntest. Ehrlich gesagt fiel es mir damals schwer zu glauben, dass du einer Verletzung erlegen sein sollst, statt mit einem Schwert in der Hand das Zeitliche zu segnen. Trotz allem würde ich lügen, wenn ich behaupten würde, dass es mich nicht erschüttert hat, von deinem Tod zu erfahren, zumal du schwanger warst. Es war nicht gerecht«, gestand er. Mir entging nicht die Aufrichtigkeit in seiner Stimme. »Umso erleichterter bin ich, dass sich diese Gerüchte als unzutreffend herausgestellt haben«, fügte er hinzu und lächelte erfreut. Er zeigte auf meinen gerundeten Bauch. »Zumindest das Gerücht, du seist in anderen Umständen, entspricht der Wahrheit. Darf ich fragen, wer der Glückliche ist, dessen Kind du unter deinem Herzen trägst?«, wollte er wissen.

Ich sah keinen Grund, ihm die Wahrheit vorzuenthalten. »Dastan Azad«, antwortete ich schlicht. Etwas flackerte in seinen Augen auf. Bevor ich die Gefühlsregung deuten konnte, war sie jedoch verschwunden und er blickte so freundlich wie zuvor.

»Dastan weiß nicht, dass du am Leben bist, habe ich recht?«, vermutete er.

Ich schüttelte den Kopf. »Wir sind uns vor einigen Tagen unerwartet auf dem Markt begegnet. Er weiß, dass ich hier bin. Es wird nicht mehr lange dauern, bis er vor meiner Tür auftaucht«, klärte ich ihn auf. Ich wandte mich an Timor: »Sei so gut und bring dem König etwas zu trinken«, bat ich ihn. »Seid Ihr hungrig? Ich könnte Eu-« Weiter kam ich nicht, da er abwehrend die Hände hob.

»Bitte, das ist nicht nötig. Wein reicht voll und ganz« entgegnete er. Timor verschwand in die Küche.

»Kommt Ihr geradewegs aus Zahra oder seid Ihr schon eine Weile in der Stadt?«, erkundigte ich mich für den Fall, dass er einen Platz zum Schlafen benötigte.

Kopfschüttelnd lehnte er sich im Stuhl zurück. »Am Ende des Pfades, der an deiner Hütte vorbeiführt, sind wir in einem Wirtshaus untergekommen«, meinte er lachend.

»Was ist so witzig?«, fragte ich.

Er zuckte grinsend mit den Schultern. »Verzeih, Elenas, du bist nicht gerade für deine Fürsorge bekannt, weshalb deine Worte mich verwundert haben. Das letzte Mal, als wir uns unterhielten, hättest du mir fast die Kehle aufgeschlitzt. Von Verständnis und Nächstenliebe gab es zu diesem Zeitpunkt keine Spur.« Er schmunzelte.

Ich erinnerte mich vage an diesen unschönen Vorfall. Unsere letzte Begegnung war tatsächlich nicht angenehm verlaufen. Soweit ich mich entsinnen konnte, war das allerdings nicht mein Verschulden. Ich zuckte mit den Schultern.

»Ich schätze es eben nicht, mitten in der Nacht von einem Mann in meinem Schlafgemach überrascht zu werden. Weder damals noch heute«, entgegnete ich etwas zu bissig.

Er hob wie zur Verteidigung die Hände. »Dabei wollte ich dich nur davon überzeugen, mich besser kennenzulernen. Ich gestehe, dass der Zeitpunkt nicht wirklich gut gewählt war. Aber du musst wissen, dass ich mir viele Stunden Mut antrinken musste, um mich überhaupt in deine Nähe zu wagen. Die Einbildung, dass die Anziehungskraft, die ich für dich hegte, auf Gegenseitigkeit beruhte hat mich dazu getrieben, dich aufzusuchen. Nun, die Klinge deines Dolches hat mir das Gegenteil bewiesen«, meinte er trocken, was mich zum Lächeln brachte.

»Wenn ich Euch sage, dass es mir leidtut?«

Er wischte meine Worte mit einer Geste beiseite. »Lass es. Ich würde es dir ohnehin nicht glauben.« Wir sahen uns eine Weile an, dann brachen wir in Gelächter aus.

Timor kam mit mehreren Bechern und einem vollen Krug Würzwein zurück. Er goss das dampfende Getränk ein. Der Geruch von Gewürzen füllte den Raum und ich sog den Duft tief in meine Lungen. Wenn ich schon auf Nimerus' Geheiß dem Wein entsagen musste, wollte ich wenigstens seinen Geruch genießen.

»Ich habe Euren Männern ebenfalls etwas gereicht. Es ist eisig kalt draußen«, meinte Timor an den König gewandt, was dieser nickend zur Kenntnis nahm.

»Du kannst dir sicherlich den Grund denken, weshalb ich gekommen bin.« Zögernd nickte ich.

»Ich habe etwas von dir bekommen. Eine sehr wertvolle Karte. Ich weiß überhaupt nicht, wo ich anfangen soll, mich zu bedanken oder wie«, gestand Tarsus zögernd und war wieder völlig ernst geworden.

»Es würde mich mehr als ehren, wenn Ihr Euch an meine Worte halten würdet, die ich Euch in meinem Schreiben mit auf den Weg gegeben habe. Das ist für mich Dank genug«, entgegnete ich.

Er nickte langsam und stützte sein Kinn auf eine Hand.

»Ich werde es so machen, wie du mir geraten hast. Allen Punkten werde ich nachkommen, bis auf einen«, antwortete er gedehnt.

Fragend hob ich die Brauen.

»Alle Punkte sind miteinander verknüpft. Haltet Ihr Euch an einen nicht, sind alle anderen hinfällig«, entgegnete ich irritiert. Ich versuchte zu verstehen, worauf er hinauswollte.

»Ich werde diese Walida nicht heiraten«, sagte er entschieden.

Was zum Henker sollte das bedeuten? Nur mühsam konnte ich meine Gereiztheit beherrschen. Atamaras Zukunft stand auf dem Spiel. Sah er das denn nicht?

»Bei allem gebührenden Respekt, ich habe Euch in meinem Schreiben erklärt, aus welchem Grund diese Vereinigung vonnöten ...«

»Ich möchte dich heiraten«, fuhr er fort, als hätte ich nichts gesagt, und brachte mich zum Schweigen.

„Gelegenheiten sind flüchtig."

Elenas

Die Farbe wich aus meinem Gesicht, als die Worte des Königs in meinen Verstand sickerten. Ich musste mich verhört haben, allerdings wirkte die angespannte Stille im Raum wie eine erdrückende Bestätigung.

Ich riss meinen Blick von Tarsus' erwartungsvoller Miene los und sah in die Gesichter meiner Freunde. Sie wirkten nicht weniger erschüttert als ich.

»Lasst mich bitte mit dem König alleine«, bat ich leise. Die Männer verließen nacheinander den Raum. Bis auf den kranken Heiler, der immer noch tief und fest schlief.

Es dauerte eine Weile, bis ich die passenden Worte fand, um Tarsus zu antworten. Seine Körpersprache zeigte keine Ungeduld angesichts meines Zögerns. Sein Kopf war zur Seite geneigt, während ein Lächeln seine Lippen umspielte. Er schien mir die Zeit geben zu wollen, die ich brauchte.

»Warum solltet Ihr mich ehelichen wollen?«, argwöhnte ich und lehnte mich mit verschränkten Armen in meinem Stuhl zurück. »Ich bin weder adlig noch von hoher Geburt. Ich besitze nichts als das, was ich am Körper trage. Und wollt Ihr ein Kind großziehen, dass nicht Euer eigenes ist?«, gab ich zu bedenken und fuhr mit der Aufzählung der Hindernisse fort, die deutlich gegen eine Heirat sprachen. »Ich habe nichts, was ich in diese Ehe einbringen könnte! Keinen Reichtum, keine Ländereien, keinen Titel oder sonstige Qualitäten, die mich als passable Gemahlin auszeichnen würden.

Ich liebe Euch nicht und werde es vermutlich auch niemals tun. Dennoch wollt Ihr mir ein ganzes Königreich anvertrauen? Ich stelle eine erbärmliche Auswahl dar und das wisst Ihr. Also, was ist der wahre Grund Eures Antrags?«, verlangte ich zu wissen und sah ihn durchdringend an, in der Hoffnung, durch eine unbedachte Geste oder eine Regung in seinem Gesicht seine Absichten zu erkennen. Aber Tarsus' Miene blieb regungslos, als er sich ebenfalls zurücklehnte und mich prüfend musterte.

»Weshalb sollte ich dich nicht heiraten?«, entgegnete er selbstsicher und drehte den vollen Weinbecher in seiner Hand. »Deine Aufzählungen mögen stimmen. Jedoch hast du eine Art an dir, die diese Tatsache infrage stellt. Deine Erscheinung ist graziler und königlicher als die jeder Hochgeborenen und dein Wort schärfer als jede zarranische Klinge. Kann ich mich nicht nach einem ehrlichen, loyalen Verbündeten sehnen, statt nach Ländereien und Reichtum? Die Herrin von Ashkolon verkörpert eben all dies: Loyalität, Ehrlichkeit und Stärke! Es ist nur Recht, dass du keinen Adelstitel hast, denn dieser würde deine Fähigkeiten und Qualitäten überschatten. Dein Ruf als fähigste Heerführerin der Welt eilt dir schon lange voraus«, meinte er entschieden und fuhr fort, meine positiven Eigenschaften aufzuzählen. Ich zeigte auf meinen gerundeten Bauch. »Ja, du magst ein uneheliches Kind erwarten aber damit bist du nicht die erste Frau. Der einzige Unterschied ist, dass du bis jetzt in einer Position warst, in der du niemanden hast gefallen müssen und leben konntest, wie du wolltest. Wegen des Kindes brauchst du dir keine Gedanken machen. Es soll meines sein, wenn du einwilligst, mich zu heiraten. Ich würde es als mein Fleisch und Blut anerkennen, damit es nicht als Bastard gebrandmarkt wird«, erklärte er weiter und erntete einen scharfen Blick von mir.

Ich öffnete den Mund, um etwas zu erwidern, doch er hob eine Hand.

»Ich sage das nicht, um dich zu beleidigen oder zu verletzen, Elenas, und das weißt du. Du kennst mich nun eine Weile und solltest wissen, dass so eine altertümliche Ansicht nicht meinem Gedankengut entspringt. Die Leute würden es jedoch so sehen, was mit unserer Heirat unterbunden werden kann. Wäre ein Königssohn oder eine Königstochter nicht eine viel bessere Bezeichnung? Siehst du, eigentlich bist du keine so üble

Auswahl, wie du denkst«, meinte er nachdenklich. »Ich würde sogar behaupten, dass ich derjenige in dieser Vereinbarung bin, der an Reichtum und Ansehen dazuverdient.«

Unwillkürlich dachte ich an Dastan. Es war nur noch eine Frage der Zeit, bis er auf meiner Türschwelle erscheinen würde. Entweder hatte ich Tarsus' Antrag bis dahin angenommen und die Hütte verlassen oder ich lehnte ab und lebte mit den Konsequenzen. Ich mochte Dastans nächsten Zug nicht einschätzen können aber mein Bauchgefühl sagte mir, dass er sich nicht nur freuen wird, wenn er mich gefunden hat. Wenn ich ehrlich zu mir war, musste ich mir eingestehen, dass Tarsus' Heiratsantrag durchaus schmeichelhaft war.

Ich war als ein Niemand geboren worden, wuchs als Sklavin auf und hatte mich zur Heerführerin hochgearbeitet. Nun hatte ich die Möglichkeit, Königin zu werden. Sein Antrag zeigte mir wieder einmal, welch eigenartige Wendung das Schicksal nehmen konnte. War ich wirklich in der Lage, mich dieser Verantwortung zu stellen? Ein ganzes Königreich zu führen, war etwas anderes als eine Armee mit ein paar Tausend Männern. Wenn Tarsus etwas zustoßen sollte, hätte ich die Verantwortung für all diese Menschen – vom einfachen Bauern bis hin zu den befehlstreuen Kriegern. Sie alle stünden unter meinem Befehl und bedurften gleichzeitig meines Schutzes. Am wichtigsten jedoch war der Aspekt, dass ich mein Leben mit Tarsus verbringen würde. Konnte ich das tun?

Und was würde aus meinen eigenen Männern werden, wenn ich ablehnte? Würde ich ihnen damit die Möglichkeit verwehren, wieder einem Königreich anzugehören und als Krieger ihren Lohn zu verdingen? Tat ich ihnen damit Unrecht? Und dann war da ja noch Dastan. Konnte ich wirklich mit unserer Vergangenheit abschließen, ihn hinter mir lassen und nach vorne blicken? Hatte ich das nicht bereits getan indem ich ihn im Ungewissen ließ, das ich noch lebte? Wenn dem so war, warum schlug mir das Herz bis zum Hals, sobald ich an ihn dachte?

Ich war mit diesen Fragen schlichtweg überfordert.

»Gebt mir ein paar Tage, um darüber nachzudenken. Wie lange werdet Ihr in Nomlep weilen?«, erkundigte ich mich, während er sich erhob.

»In drei Tagen reise ich ab. Dann erwarte ich eine Antwort, Elenas. Ich bin mir sicher, dass du die richtige Entscheidung treffen wirst«, beschied er knapp, wandte sich ab und verließ mein Haus.

„Hoffnung ist berauschend."

Dastan

»Das wurde aber auch Zeit«, erklang Useyns Stimme, bevor ich einen Schritt über die Schwelle der Schlafkammer gesetzt hatte. Er saß an dem Tisch am Fenster und schien etwas auf einem Pergament zu notieren.

»Schön, dich zu sehen.« Ich schnaufte und ließ mich auf meine Schlafstatt fallen.

In dem Kamin brannte ein wärmendes Feuer und ließ meine durchgefrorenen Glieder auftauen. Der Winter hatte Einzug gehalten, erste Schneeflocken waren auf die gefrorenen Felder gefallen. Wir konnten von Glück reden, Nomlep kurz nach dem Schneefall erreicht zu haben bevor die Pfade unpassierbar wurden. »Wo sind die anderen?«, fragte Useyn während ich an die Decke starrte. In der anhaltenden Stille knarrte das Holz, sobald sich jemand im Geschoss über mir bewegte.

»Die gehen einem Hinweis nach«, antwortete ich und schloss erschöpft die Augen.

Ich hörte einen Moment lang nichts außer dem Kohlestift, der über das Papier kratzte. Ich öffnete die Lider und sah zu meinem Freund hinüber. Er wirkte hochkonzentriert, als er seinen Stift erneut ansetzte und eine Zeichnung zu erstellen versuchte. Neugierig setzte ich mich auf und wartete, dass er nach diesem Hinweis fragte, aber das tat er nicht. Er war so vertieft in seine Aufgabe, dass er mir wohl nicht richtig zugehört hatte.

»Was soll das werden? Bist du unter die Künstler gegangen?«, fragte ich mit gefurchter Stirn, während ich die unförmigen Linien auf dem Blatt begutachtete.

»Das ist wahrscheinlich die Hütte, in der dein Weib mit ihrem Heiler und einem Teil ihrer Männer lebt«, entgegnete er ungerührt und fuhr mit seiner Arbeit fort.

Augenblicklich beschleunigte sich mein Puls. »Bist du dir sicher?«, rief ich aufgeregt und sprang auf die Füße. Mit wenigen Schritten war ich bei ihm und sah über seine Schulter. Ich erkannte die Gegend, die er versuchte, darzustellen. Die Hütten und Pfade waren so detailliert gezeichnet, dass ich auf Anhieb sagen konnte, welchen Bezirk er meinte: Supra. Dieser Bezirk wurde durch den großen Markt von dem Teil der Stadt getrennt, in dem ich mich mit meinen Männern befand.

»Wenn man den Markt in südlicher Richtung hinter sich lässt, kommt man an einem großen Bauernhof vorbei. Er hat ein weitläufigeres Gelände als alle andern Höfe in der Nähe und ist deshalb nicht zu übersehen«, erklärte Useyn und zeigte auf einen Punkt hinter dem Hof.

»Hier ist der Bergfuß. Du musst diesem Pfad folgen und ein Stück bis zum Bergkamm zurücklegen. Es ist die letzte Hütte«, erklärte er und schrieb Meine Göttin an den Rand des vermeintlichen Häuschens.

»Sehr witzig«, schnaubte ich und schlug ihm auf die Schulter. »Wie hast du überhaupt herausgefunden, dass sie dort ist?«

»Eigentlich habe ich nichts getan. Es war reiner Zufall«, meinte er bescheiden und legte den Kohlestift beiseite.

»Eine hochschwangere Frau, die eine Herberge im oberen Bereich der Stadt führt, lief heute mit einem Jungen durch den Markt. Bei ihrem Gespräch schnappte ich den Namen Audius auf. Da Audius in Atamara nicht gerade ein gängiger Name ist, wurde ich stutzig und bin ihnen gefolgt. Er schläft in ihrem Gasthaus.« Useyn ließ einen Arm über die Stuhllehne fallen. »Als er zu später Stunde die Unterkunft verließ, folgte ich ihm. Er eilte in eine Hütte am Berggipfel. Ein Teil der Hütte wird von dem angrenzenden Wald verdeckt und ist daher schwer zu sehen. Ich habe nur einen kurzen Blick auf sie werfen können, bevor sie hinter dem Haus verschwand, aber sie war es, da bin ich mir ganz sicher«, gab er seine Begegnung wieder.

Erleichtert atmete ich aus. Himmel, bald war es soweit, bald würde ich sie in meine Arme schließen – wenn ich sie vorher nicht erwürgte.

»Warum zeichnest du ihren Aufenthaltsort auf, wenn du es mir auch einfach zeigen kannst?«, fragte ich etwas irritiert, woraufhin er mich mit einem eigenartigen Blick ansah.

»Weil du alleine gehen wirst. Es wäre nicht gerade vorteilhaft, wenn wir im Rudel vor ihrer Behausung auftauchen. So erwecken wir bei ihren Männern nur den Anschein, dass sie verteidigt werden muss. Oder was meinst du?«

Ich nickte zustimmend und richtete mich auf. Bei dem Gedanken sie schon in wenigen Stunden wiederzusehen, schnellte mein Puls in die Höhe. So sehr mich ihre Täuschung auch verletzt hatte, so sehr freute es mich, sie wieder in meinem Leben zu haben.

„Schmerz und Kummer; elendig seid ihr."

Elenas

Nimerus' rasselnder Atem bereitete mir ernsthafte Sorgen. Er war erneut krank geworden. Seine vorherige Erkältung war der Grund gewesen, weshalb ich überhaupt auf den Markt gegangen war, um Kräuter für ihn zu besorgen. Glücklicherweise war Nimerus am Abend wieder munter gewesen. War seine momentane Verfassung ein Rückschlag? Hatte er seine Erkältung nicht richtig auskuriert? Ich wusste es nicht.

Er schlief bereits einen ganzen Tag. Seit gestern hatte er sich auf Timors Schlafstatt wenig gerührt. Einzig das hohe Fieber ließ ihn Ab und An aus dem Schlaf hochschrecken und ihn wirres Zeug reden. Dabei kam Dastans Name öfter vor, als mir lieb gewesen wäre.

Ich wusste nicht, wie ich ihm helfen konnte oder wie ich mit dieser Situation umgehen sollte. Das Gefühl der Hilflosigkeit band mir die Hände.

Wenn mein geschätzter Freund lange genug bei sich war, fragte ich ihn nach Kräutern, die ihm Linderung verschaffen konnten. Doch der alte Mann sah mich nur mit einem müden Lächeln an, tätschelte mir schwach die Hand und schlief wieder ein.

Der schwere Duft des Suds, den ich mit Anis, Kamille und Wegerich versetzt hatte, wehte durch den Raum und füllte unsere Lungen. Ich wollte ihn Nimerus zu trinken geben, wenn er bei Bewusstsein war, aber seit einigen Stunden war er nicht mehr zu sich gekommen. Timor und Audius halfen mir bei Nimerus Versorgung.

Eine schwache Glut brannte in der Feuerstelle, die im Halbdunkel der Wohnkammer etwas Licht spendete. Ich legte ein paar Scheite nach, um das Feuer zu schüren.

Den nächtlichen Wachdienst an Nimerus' Schlafstatt hatte ich übernommen und Timor und Audius zurück ins Gästehaus geschickt. Ein drängendes Gefühl, das ich nicht erklären konnte, ließ mich im Raum eine Spur in den Kelimteppich laufen.

Am liebsten wäre ich aus dem Haus gestürzt und stundenlang durch den Wald gelaufen, bis meine Muskeln protestierten und meine Lungen versagten. Das beengende Gefühl, eingesperrt zu sein, reizte meine strapazierten Nerven. Leider war dieser Wunsch mit meinem runden Bauch und Nimerus' besorgniserregendem Zustand nicht vereinbar. So schritt ich wie ein eingesperrtes Tier von einer Seite des Raumes zur anderen, bis ich mich mit einem tiefen Seufzen auf der Bettkante neben dem Heiler niederließ.

Das hagere Gesicht des alten Mannes war fahl und die Falten in seinem Gesicht schienen sich tiefer in die Haut gegraben zu haben. Er sah viel älter aus als seine 60 Sommer. Mir kam es vor, als ginge sein Atem mit jedem Herzschlag schwerer und als würde das Rasseln lauter, je weiter der Abend voranschritt.

Er war seit dem späten Nachmittag nicht mehr aufgewacht. Meine Hoffnung schwand mit dem verblassenden Tageslicht, dass er das noch einmal tat. Ich nahm seine Hand in meine und rieb mit den Handinnenflächen über seine kalten Finger, um ihnen etwas von meiner Wärme abzugeben. Im Gegensatz zum Rest seines Körpers fühlten sich seine Hände und Füße wie Eiszapfen an. Das Bedürfnis, ihm noch einige Worte sagen zu müssen, überkam mich.

»Wie vergänglich unsere Zeit tatsächlich ist, wird mir erst in diesem Augenblick richtig bewusst, Nimerus«, flüsterte ich und presste seine Hand an meine Brust. Ich schluckte hart, bevor ich die Worte aussprach, die ich ihm bereits vor langer Zeit hätte sagen sollen. Ich habe meine Gefühle noch nie gut zu Wort bringen können, weshalb ich sie so lange für mich behalten habe. »Es liegt mir am Herzen, dass du weißt, dass du nie einer meiner Untergebenen warst. Ich habe dich damals in mein Lager geholt, weil ich dich mochte, bevor ich dich wirklich kannte. Als ich nach dem heimtückischen Angriff vor deiner Tür stand, damit du meine Wunden nähst, habe ich dir bereits mehr vertraut als irgendjemanden in diesem schrecklichen Ausbildungslager.« Ich nahm einen tiefen Atemzug. »Dich in meiner Nähe zu wissen, gab mir stets ein warmes Gefühl. Du warst immer so still und zurückhaltend, dass ich dich oft mit Vitaan verglichen habe. Die Güte in deinen Augen, die ich damals fern meiner Heimat so schmerzlich vermisste, zeigte mir, dass du ein ebenso gutes Herz besitzt wie mein Ziehvater.«

Ich hatte so viele Gelegenheiten und passende Augenblicke verstreichen lassen, um ihm genau das zu sagen, sodass ich mir jetzt schwor, solche Momente in Zukunft besser zu nutzen.

Ich legte seine Hand auf mein Knie und strich gedankenverloren über seine faltige Haut. »Wahrscheinlich wirst du mir nicht glauben, wenn ich dir erzähle, wie einsam ich mich während meiner Ausbildung in Batlong gefühlt habe. Als es im Heer für mich zwischen all den Männern immer schwieriger wurde, Fuß zu fassen, erdete mich deine ruhige Art. Nicht, dass du viel hättest tun müssen, um das zu bewirken, allein deine Anwesenheit reichte aus, damit ich mich aufgehoben fühlte.« Ich schüttelte betrübt den Kopf, als ich an diese schwierige Zeit dachte. »So lächerlich das auch klingen mag, zu diesem Zeitpunkt war ich mir sicher, dass du mich allein mit deinen Blicken dazu ermutigt hast, weiterzukämpfen.«

Ich lächelte versonnen, als ich erkannte, dass alle meine ersten Eindrücke vom Heiler richtig waren. Er war der mitfühlendste und hilfsbereiteste Mensch, den ich nach Vitaan kennenlernen durfte. Mein Lächeln verblasste, als ich an meinen verschollenen Vater dachte. Wie sehr er mir fehlte.

»Heute bist du mehr als ein guter Freund, Nimerus. Du bist die letzte Familie, die mir geblieben ist. Ich schätze mich glücklich, noch einmal jemanden gefunden zu haben, der wie Familie für mich ist. Deshalb darfst du jetzt nicht gehen Nimerus. Bitte kämpfe, wie auch ich gekämpft habe. Wenn du nicht für dich kämpfst, dann tu es für mich. Bitte verlasse mich nicht«, bat ich flehentlich und hauchte einen Kuss auf seinen Handrücken.

Eine Träne löste sich aus meinem Augenwinkel und tropfte auf seine Haut. Als hätte es nur dieser einzelnen Träne bedurft, brach die Realität über mich herein, bis tiefe Schluchzer meinen Körper schüttelten. Mir war, als wäre Nimerus bereits gegangen. Dieser Gedanke schmerzte so sehr, dass es mich innerlich zerriss.

Ich legte mich neben ihn und bettete meinen Kopf an seine Schulter. Ich weinte so lange, bis meine Tränen versiegten.

Als ich am Morgen meine geschwollenen Lider aufschlug, sah ich zuerst Audius' Gesicht. Er hatte sich einen Stuhl ans Bett gezogen und seinen Kopf an die Wand gelehnt, während er derart betrübt dreinblickte, wie ich es selten gesehen habe.

Erst nach ein paar Herzschlägen bemerkte ich die unnatürliche Stille im Raum. Mein Blick schoss zu Nimerus. Sein Gesicht war abgewandt und sein Körper kalt, wohingegen ihn gestern noch erbarmungslos das Fieber geplagt hatte. Mein Herz machte einen Satz und mein Atem stockte in meiner Lunge.

Hastig setzte ich mich auf und drehte seinen Kopf vorsichtig in meine Richtung, damit ich sein Gesicht sehen konnte. Seine sonst gütig dreinblickenden Augen starrten leer an die Decke, sein Mund stand weit offen. Die einst rosige Haut war gräulich verfärbt. Meine Hand glitt von seiner kalten Wange, als mir bewusst wurde, dass mein langjähriger Freund bereits vor Stunden aufgehört hatte zu atmen und ich es nicht einmal bemerkt hatte.

»Bitte nicht«, flüsterte ich erschüttert und krallte meine Finger in Nimerus' Toga. Ich beugte mich über sein Gesicht und umfing mit zitternden Fingern seine fahlen Wangen. »Tu mir das nicht an, Heiler, bitte«, schluchzte ich und presste meine Stirn an seine.

Meine Tränen tropften auf seine Haut, während mein Griff um seinen Kopf fester wurde. Ich war am Rande des Erträglichen angelangt. Etwas in meinem Kopf schien zu bersten.

»Wie konntest du nur!«, schrie ich und zerrte an seinem Kragen. »Wie kannst du klangheimlich aus meinem Leben verschwinden?!«, brüllte ich und zog so heftig an seinem Gewand, dass sich Nimerus' Kopf von der Pritsche hob.

»Elenas!« Audius' Hände schlossen sich um meine Handgelenke. Meine Finger hatten sich so stark in den Stoff gekrallt, dass er Schwierigkeiten hatte, sie zu lösen. »Grundgütiger, lass los!«, rief er angespannt. Ich hörte ihn durch das Rauschen in meinen Ohren kaum.

»Steh auf verdammt! Öffne deine Augen«, schrie ich wie von Sinnen und löste meine Hände von Nimerus' Kleidung, um seinen reglosen Körper zu schlagen. Doch Audius war schneller und hielt mich mit einem eisernen Griff davon ab. Ich versuchte, mich aus seinen Armen zu winden, aber nach kurzer Zeit erschlaffte mein Körper vor Erschöpfung und meine Gegenwehr erlahmte. Keuchend sank ich in mich zusammen. Ich war körperlich und seelisch am Ende. Ich weinte in Audius' Armen, bis meine Tränen versiegten und

meine Augen irgendwann ins Leere blickten. Die weisen Worte meines Ziehvaters, hallten in meinen Ohren wieder: „Wir sterben, wie wir geboren werden, Kind. Das geschieht stets in Einsamkeit!"

„Bevor du es predigst, solltest du es getan haben."

Elenas

Wir waren uns von vorneherein einig, dass Nimerus ein Kriegsbegräbnis verdiente. Er hatte seinem Land Jahrzehnte lang treu und ergeben gedient und sich nie einen Fehltritt geleistet. Zudem konnte ich nicht mehr zählen, wie oft er mir und den anderen das Leben gerettet hatte. Ich saß auf der Bank hinter meiner Hütte, von der der Leichnam einige Schritte entfernt stand, und starrte ins Leere. Audius und Timor hatten das Waschen und Ankleiden des Toten übernommen und mich zum Schlafen in meine Kammer verbannt. Die Bestattungszeremonie würde Stunden dauern, weshalb ich ausgeruht sein sollte. Doch ich hatte nichts mit mir anzufangen gewusst und stundenlang die weiße Wand angestarrt, statt zu schlafen. Ich fühlte mich wie in einem nicht enden wollenden Albtraum.

Wir hatten warten müssen, bis die Nacht hereingebrochen war, damit die Feuerbestattung bei den Dörflern kein Aufsehen erregte. In der Dunkelheit würden die Rauchschwaden nicht zu sehen sein und der hintere Bereich der Hütte würde das Leuchten des Feuers verdecken. Es wird ein erbärmliches Begräbnis werden, dachte ich niedergeschlagen, da niemand außer meinen Männern Nimerus den ihm zustehenden Respekt bekunden konnte.

Er hatte in seinen Jahren beim Heer viele Krieger geheilt und teils tagelang an ihren Betten verweilt, um im Falle einer gesundheitlichen Verschlechterung eingreifen zu können. Er hatte seine eigenen Bedürfnisse hinten angestellt und sich stets für die Armen in Ashkolons Elendsgassen eingesetzt.

Er hatte ein anständiges Begräbnis verdient – mit vielen Menschen, die ihn kannten und liebten. Menschen, die seine guten Taten zu schätzen wussten und sich gern von ihm verabschiedet hätten.

Mein Verstand beschwor ein Bild herauf, das ich in die hinterste Ecke meiner Gedanken verdrängt hatte. Als der Heiler vor einigen Jahren im Hauptlager zu dienen anfing, ließ ich ihn beschatten. Ich mochte ihn als Mensch aber das bedeutete nicht, dass ich ihm bedingungslos vertraute. Meine Augen füllen sich mit Tränen, als ich mich an Santyx erinnerte, der mir von den Taten des Heilers erzählte, während der Regen unerlässlich auf das Zeltdach trommelte.

»Der alte Heiler ließ sich von einem der Krieger in der Nähe des Waisenhauses in Spluk absetzen. Als er eiligst über den Hof lief, stürmten ihm die in Lumpen gekleideten Kinder entgegen und umringten ihn wie eine Horde aufgeregter Hundewelpen«, gab er seine Beobachtungen lachend wieder. »Kurz darauf kamen zwei junge Frauen aus dem heruntergekommenen Haus und begrüßten den Heiler freundlich. Sie schienen sich zu kennen. Er begleitete sie hinein und kam kurz darauf mit einem Tisch heraus. Die Frauen eilten ihm nach und trugen dabei einen dampfenden Topf hinaus, dessen Inhalt sogleich in Schüssel gefüllt und an die Kinder verteilt wurde. Es hat aber nicht gereicht«, erklärte er.

»Meinst du das Essen Santyx?«

»So ist es, Herrin. Einige der Kinder gingen leer aus.« Als er dies sagte, war eine unsagbare Wut in seinen Augen aufgeblitzt, an die ich mich noch heute erinnerte. Santyx' Stimme nahm einen bitteren Unterton an. »Die Frauen beratschlagten sich mit dem Heiler, ob sie den König um Hilfe bitten sollten, damit wenigstens das Abendmahl gewährleistet wird. Diesen Gedanken verwarfen sie aber sogleich wieder, da der König sich bekanntermaßen nicht mit solchen Belanglosigkeiten befasste. Die Frauen weinten leise und sahen immer wieder zu den spielenden Kindern hinüber.«

Es machte mich rasend, dass der König immer gieriger und fetter wurde, während die Armen und Schwachen Not litten. Was für ein toller Herrscher er doch war!

Ich ließ Nimerus, der bereits ins Lager zurückgekehrt war, in mein Zelt rufen. Als er eintrat, faltete er seine Hände vor dem Bauch und stellte sich vor den bauschenden Vorhang, der den Eingang verdeckte.

»Ihr habt mich rufen lassen, Herrin?«, fragte er höflich wie immer.

Ich wunderte mich insgeheim über seine Gefasstheit. Beim genaueren Hinsehen jedoch bemerkte ich, dass seine Schultern nicht ganz so gestrafft waren wie sonst und er weniger gerade stand. In seinen stets gütig blickenden Augen erkannte ich müde Resignation wegen der Waisenkinder. Dieses Bild versetzte mir einen Stich.

»Ab sofort werde ich vom Palast mehr Lebensmittel bestellen, Nimerus. Im Hauptlager leben tausende Krieger, weshalb es nicht sehr auffallen sollte. Von dem Abendmahl wird mehr als genug übrig bleiben, damit du jeden Abend den Rest einpacken und in das Waisenhaus bringen kannst, in dem du ein und ausgehst«, ordnete ich an, während er angespannt die Schultern hochzog.

Seine Brauen berührten fast seinen Haaransatz vor Verwunderung, dann blitzte Erkenntnis in seinen Augen auf. Ihm wurde bewusst, dass ich ihn hatte beschatten lassen, was er aber mit keinem Wort erwähnte. Ich rechnete mit einem höflichen Dank, doch stattdessen stürzte er sich auf mich und umarmte mich stürmisch.

»Oh Elenas, ich danke Euch! Ihr habt ein Herz aus Gold, ich schwöre es. Die Kinder, sie werden-« Seine Euphorie verpuffte schlagartig, als ihm klar wurde, was er gerade tat. Sofort ließ er von mir ab und trat hastig einige Schritte zurück. Er rang sichtlich um eine Entschuldigung.

»Es ist nur recht, den Kindern auf diese Art zu helfen, Nimerus, wenn der König schon nichts auf sie gibt.«

Meiner Auffassung nach waren Kinder die Zukunft eines Landes. »Die Kinder müssen auch heute nicht hungern, Heiler. Ich habe Santyx angewiesen, reichlich Essen aus der Großküche einpacken zu lassen. Ein Krieger wird den gefüllten Karren vor Sonnenuntergang zu den Kindern bringen. Allerdings darf niemand davon erfahren, verstehen wir uns. Du musst genauso verschwiegen sein, wie meine Männer, die in die Sache eingeweiht sind?«

Ich erntete sogleich ein kräftiges Nicken. »Selbstredend, Herrin. Meine Lippen sind versiegelt. Ich danke Euch vielmals«, flüsterte er mit erstickter Stimme, seine leuchtenden Augen schwammen in Tränen. Ein warmes Lächeln breitete sich auf seinem Gesicht aus und dieses Bild ließ mir nun die Tränen über die Wangen laufen. Ein vor Freude weinender Nimerus, den die Hilfe für verwahrloste Kinder völlig aus der Fassung brachte. Die Dankbarkeit in seinen Augen war mit Worten nicht zu beschreiben. Bis heute hatte ich niemanden kennengelernt, der seiner Arbeit mit so viel Leidenschaft und Hingabe nachging wie mein geschätzter Freund.

Eine Hand legte sich schwer auf meine Schulter und ich blickte auf.

»Es ist soweit. Lass uns Nimerus auf seinem letzten Weg begleiten«, forderte Audius mich leise auf. Ich nickte schwach und stand auf.

Hinter dem Haus wurde auf ordentlich gestapelten Holzscheiten eine Bahre arrangiert, auf dem der Leichnam verbrannt werden sollte. An jeder Ecke der Liege wurde eine Fackel in die Erde gerammt. Jeder meiner Brüder nahm auf einer Seite Stellung, sodass wir den Toten umringten.

Audius nickte mir zu und ich räusperte mich, um den Totenspruch aufzusagen, den ich für meinen Freund abgeändert hatte. Jeder von uns legte eine Hand auf Nimerus' leblosen Körper und wir senkten respektvoll die Häupter.

»Nimerus, Sohn von Ashkolon, treuer Diener unseres Reiches. Mutig warst du in den dunkelsten Zeiten deines Vaterlandes – wie auch im Angesicht des Todes. Wir übergeben deinen Körper dem Himmel, damit deine Seele frei von Last zu den Göttern emporsteigen kann. Nimm deinen rechtmäßigen Platz im Paradies ein und …« Meine Stimme brach beim letzten Wort. Ich brauchte einen Moment um mich zu sammeln. »Und lass deine gütigen Augen auf unser aller ruhen, bis auch wir die Schwelle zum Totenreich überqueren. Dann schließe uns in deine Arme und heiße uns in den geheiligten Hallen der Götter willkommen, auf das wir niemals wieder Sehnsucht nacheinander verspüren.« Der Kloß in meinem Hals war so groß, dass ich ihn nicht herunterschlucken konnte. Die nächsten Worte krächzte ich nur. »Mögest du glücklich in Ewigkeit leben.«

Mir wurde eine Fackel gereicht, die ich an die unterste Holzschicht hielt. Traditionell waren es immer drei Ebenen, wovon die erste für die Geburt stand, die zweite für das Leben und die dritte für den Tod.

Sofort leckten die Flammen an den sauber gestapelten Holzstücken empor. Glühende Funken sprangen hervor und innerhalb kürzester Zeit breitete sich das Feuer aus. Die Flammen züngelten weiter hinauf, während das Holz knackte und zischte, dann fing das weiße Totengewand des Heilers Feuer. Innerhalb weniger Wimpernschläge brannte der gesamte Leichnam.

Ich trat einige Schritte zurück, um mich auf der Bank niederzulassen. Hitze strömte mir entgegen. Stumm sah ich dabei zu, wie die Überreste meines Freundes zu Asche zerfielen.

„Kränkungen enden oft seltsam."

Dastan

Ich kniete vom Schneeregen durchweicht hinter einem hüfthohen Busch und konnte mich nicht dazu durchringen, aufzustehen, um durch die Zaunklappe zu marschieren und an die Tür zu klopfen. Nur ein paar Schritte trennten mich von der Frau, die mich so gnadenlos hereingelegt hatte. Es war dieselbe Frau, die ich so schmerzlich vermisst hatte, dass meine Hände beim Gedanken an das bevorstehende Wiedersehen anfingen zu zittern. Wenn ich noch länger wartete, könnte ich meine Meinung ändern und kehrtmachen.

Ich kam auf die Füße und trat einen Schritt vor, als knarrend die Tür aufging. Schwaches Fackellicht fiel auf die Terrasse. Schnell stellte ich mich hinter dichtes Buschwerk und sah zwei Männer die Treppe heruntersteigen. Hinter ihnen lief eine zierlichere Gestalt, für deren Erkennung ich kein Licht brauchte: Elenas. Obwohl ich in der Schwärze der Nacht, mit dem spärlichen Licht der Fackeln, ihre Gesichtszüge nicht ausmachen konnte, wusste ich genau, wie sie aussah. Ihr Gesicht hatte sich in meinen Verstand gebrannt, nichts würde diese Erinnerung trüben können.

Angesichts der Vorfreude, sie wiederzusehen, fing mein Herz an schneller zu schlagen.

Hintereinander gingen sie um die Ecke des Hauses und verschwanden aus meinem Blickfeld. Lautlos setzte ich ein Fuß vor den anderen, um ebenfalls nach hinten zu gelangen. Obwohl es unmöglich war, mich in der

Dunkelheit zu sehen, wollte ich kein unnötiges Risiko eingehen, weshalb ich mir Zeit ließ.

Bevor ich diesen Gedanken zu Ende gedacht hatte, hörte ich dicht hinter mir Schnee knirschen. Ich duckte mich und hielt den Atem an. Wenige Schritte entfernt liefen zwei Männer an mir vorbei und verschwanden ebenfalls im hinteren Bereich des Gartens. Was zum Henker machten sie mitten in der Nacht dort?

Ich schlich weiter, bis ich Elenas Gesicht im schwachen Feuerschein einer Fackel erblickte. Sie saß auf einer Bank und starrte in die Dunkelheit. Sie sah erschöpft und traurig aus, beinahe krank. Ihre Wangen schienen eingefallen zu sein, dunkle Ringe lagen unter ihren geschwollenen Augen.

Ihr schlechter Zustand irritierte mich, ihre Männer sahen ebenfalls angeschlagen aus. Ich erkannte Timor und Tribas, die neben hüfthohen Fackeln an einer Holzformation standen. Jetzt erst bemerkte ich, dass es sich um eine improvisierte Bestattungsstätte handelte.

Audius lief zu Elenas und legte ihr eine Hand auf die Schulter. In dem Blick, den sie ihm daraufhin schenkte, lag so viel Verlorenheit und Resignation, dass ich mich beherrschen musste, nicht aufzuspringen und sie in die Arme zu schließen.

So groß meine Wut auch gewesen sein mochte, wurde mir nun bewusst, dass ich ihr den Hinterhalt in dem Augenblick verziehen hatte, als ich ihr auf dem Markt begegnet war. Ich konnte sie nicht hassen, egal was sie mir angetan hatte.

Sie auf dem Markt plötzlich vor mir zu sehen, hatte fast dafür gesorgt, dass ich endgültig den Verstand verlor. Sich die Existenz eines Menschen einzugestehen, dessen Leichnam man gesehen hatte, war schwierig. Ich hatte sie sogar berührt und mit dem nächsten Wimpernschlag war sie wieder verschwunden. Ich hatte sie ein zweites Mal verloren. Meine harten Worte an Useyn, Elenas zu verletzen, so wie sie mich verletzt hatte, waren meiner Enttäuschung und meiner Wut zuzuschreiben gewesen, nicht meinem Hass ihr gegenüber.

Hass … Ich schnaubte innerlich und schüttelte den Kopf. Ich hatte wirklich gedacht, dass ich sie hasse.

Elenas stand auf und trat an die Bahre, die aus aufeinandergereihten Holzscheiten bestand. Durch das Leichentuch, das den ganzen Leichnam umhüllte, konnte ich nicht erkennen, wer der Tote war. Mir fiel auf, dass Santyx nirgendwo zu sehen war. Waren sie gerade dabei, seinen leblosen Körper zu verbrennen? So sehr ich Santyx auch verabscheute, wünschte ich ihm nicht den Tod. Nicht seinetwegen, sondern für Elenas. Sie mochte ihn wie einen Bruder. Audius nickte Elenas zu und sie fing an zu sprechen: »Nimerus, Sohn von Ashkolon, treuer Diener unseres Reiches.«

Jemand schien mir einen Tritt gegen die Brust verpasst zu haben, als ich die Worte verarbeiten wollte. Ich holte tief Luft und versuchte, die Neuigkeit zu verdauen.

Der Heiler war gestorben, ohne dass ich ein letztes Mal mit ihm hatte reden können. Auch wenn ich ihn verdächtigte, Elenas Tod inszeniert zu haben, und ihn dafür verurteilte, mir seelische Schmerzen zugefügt zu haben, vergaß ich doch nicht seine guten Taten, ohne die Elenas an früheren Verletzungen gestorben wäre.

Elenas' Stimme brach. Audius reichte ihr eine Fackel, die sie an den untersten Holzstapel hielt. Innerhalb kürzester Zeit brannte der Leichnam. Die kalte Winternacht wurde mit dem Gestank brennenden Fleisches getränkt. Obwohl es eisig kalt war, setzte ich mich in den Schnee und beobachtete Elenas dabei, wie sie reglos ins Feuer starrte. Ich konnte mich nicht überwinden, sie zurückzulassen und in die Herberge zurückzukehren. Also wartete ich.

Stunden später war das Holzgerüst fast gänzlich heruntergebrannt und Elenas auf der Bank eingeschlafen. Bevor ihre Männer in die Hütte zurückgekehrt waren, hatte Tribas ihr eine übergroße Felldecke um die Schultern gelegt. Seitdem war niemand gekommen, um nach ihr zu sehen, dabei war es bitterkalt draußen. Diese Idioten. Die Wahrscheinlichkeit, dass sie sich eine Erkältung holte – wenn nicht sogar den Tod –, war durchaus gegeben. Ich war mit meinen nassen Sachen nicht besser dran.

Mit tauben Gliedern stand ich auf und lief ein Stück vor, bis ich Elenas gegenüberstand. Alles was uns jetzt noch voneinander trennte, waren ein

Zaun und zehn Schritte. Mit leicht angewinkelten Beinen lag sie auf der Seite, wobei ihr Atem Wölkchen vor ihrem Gesicht bildete.

Ein Lichtschein fiel durch die Schlitze der geschlossenen Fensterläden. Hastig zog ich mich hinter einen Baum zurück und hörte im nächsten Moment, wie die Tür aufging. Die Stufen knarrten, Schritte knirschten im Schnee. Im nächsten Augenblick bogen Audis und Timor mit einer Fackel in der Hand um die Ecke. Ich beobachtet die beiden wie sie Elenas erreichten, Timor sich vorbeugte und sie in seine Arme nahm. Mit ausladenden Schritten trug er sie ins Warme.

Erschöpft und durchgefroren machte ich mich auf den Weg ins Wirtshaus. So schwer es mir auch fiel, hatte ich mich dazu entschieden, Elenas ein paar Tage Ruhe zu gönnen, bevor ich mich ihr zeigte. Es kam mir nicht richtig vor, für noch mehr Aufregung zu sorgen.

Ich lief an der Unterkunft vorbei, in der Audius und sein Freund nächtigten, als mir im halb offenen Stall fertig gesattelte Pferde auffielen. Ich blieb abrupt stehen. Die grünen Decken unter den edlen Sätteln zeigten ein mir bekanntes Muster, weshalb ich mich bis zur Stalltür vorwagte, um die Tiere genauer in Augenschein zu nehmen. Das schwarze Schwert auf der dunkelgrün karierten Decke zeichnete nur eine einzige Truppe in diesem Land aus. König Tarsus' Leibgarde.

Eigenartigerweise brannten Fackeln an den Wänden, was nicht üblich war. Meistens wurden in Ställen keine offenen Feuer geduldet, da die Gefahr eines Brandes zu hoch war. Das hieß wohl, dass sich jemand im Stall aufhielt.

Ich beugte mich über eine der Schwingtüren, und riskierte einen Blick hinein. Mein Verdacht bestätigte sich. Zwei Krieger in voller Rüstung saßen auf zwei niedrigen Hockern und spielten ein Würfelspiel.

Ich hatte mich nicht getäuscht, die Pferde gehörten tatsächlich König Tarsus' Leibgarde, wenn nicht gar ihm selbst. Stellte sich nur noch die Frage, ob es nur Zufall war, dass er sich in der gleichen Stadt wie Elenas befand?

„Es ist nur eine gute Allianz, wenn es auf Dauer beruht."

Elenas

»Wo ist denn dein Heiler?«, fragte Tarsus, sobald ihm die leere Pritsche an der Wand ins Auge fiel. Er hatte die Türschwelle in den Wohnbereich überquert und drehte sich nun zu mir.

Ich rang um die richtigen Worte, und als sie mir auf der Zunge lagen, gelang es mir nicht, sie auszusprechen. Audius kam mir zu Hilfe als die Stille unangenehm wurde.

»Er starb gestern im Morgengrauen, Eure Hoheit. Wir haben ihn bestattet.«

»Das tut mir sehr leid. Du schienst ihn sehr zu mögen«, sagte er an mich gewandt. Ich erkannte aufrichtige Anteilnahme in Tarsus' Augen und nickte.

»Danke, das tat ich.«

Er setzte sich auf denselben Stuhl wie bei seinem letzten Besuch, ich nahm ihm gegenüber Platz. Meinen Brüdern hinter mir warf er einen amüsierten Blick zu. »Deine Männer weichen dir wohl nie von der Seite. Das taten sie schon nicht, als du noch das Heer angeführt hast. Aber damals waren sie für deinen Schutz verantwortlich. Was nicht unbemerkt geblieben ist«, meinte er lächelnd, wurde aber schnell wieder ernst. »Hast du dir deine Krieger eigentlich nach ihrem Grad der Treue ausgesucht? Weshalb gelang es niemanden, sie gegen dich anzustiften?«, fragte er interessiert und legte seinen Kopf dabei schief. Diese Geste erinnerte mich stark an Dastan. Sofort verbot ich mir, an ihn zu denken. Er hatte weder in meiner Gegenwart noch in meiner Zukunft etwas zu suchen. Wenn ich mir das oft genug einredete, glaubte ich es vielleicht irgendwann.

»Es gibt- gab«, korrigierte ich mich, »einen Unterschied zwischen meinen Kriegern und meinen Brüdern.« Ich wies mit einer Hand über meine Schulter. »Diese Männer müssen nicht bei mir bleiben, ich zahle nicht ihren Lohn. Ich bin nicht mehr ihre Heerführerin und habe auch nichts zu bestimmen in ihren Leben. Sie bleiben aus freien Stücken bei mir.«

Ich lehnte mich ein Stück vor und verschränkte die Arme auf dem Tisch.

»Meine Soldaten hingegen blieben, weil sie mit ihren Diensten ihren Lebensunterhalt verdienten. Sie hätten mich jederzeit verraten können. Das hat vielleicht sogar der ein oder andere getan.«

Er nickte verstehend. Seine nächsten Worte ließen nicht lange auf sich warten. »Du kannst dir sicherlich denken, weshalb ich hier bin, Elenas. Der Zeitpunkt mag unpassend erscheinen, was mir durchaus bewusst ist. Sicherlich verstehst du meine Eile. Ich habe den Palast meinen Beratern anvertraut, um auf deine Antwort zu warten. Ich muss zurück. Also, wie hast du dich entschieden?«, fragte er und presste seine Lippen aufeinander.

Er schien nervös zu sein, was ich mit seinem Charakter nicht in Einklang bringen konnte. Tarsus war immer selbstbewusst, mutig, manchmal auch waghalsig, weshalb er nicht selten von Frauen umgeben war. Er war sehr attraktiv und bei dem weiblichen Teil der Bevölkerung mehr als beliebt. Er hätte jede Frau haben können, die er wollte. Aber er wollte mich – weshalb auch immer – und ich hatte nicht vor, mir diese Chance entgehen zu lassen. Weder für mich noch für mein Kind. Es wäre mit dieser Eheschließung für Lebzeiten abgesichert.

»Ich habe einige Bedingungen. Wenn Ihr mit ihnen einverstanden seid, werde ich Euren Antrag annehmen«, erwiderte ich.

Tarsus nickte.

»Meine Männer werden in die königliche Garde aufgenommen. Audius wird den jetzigen Heerführer ablösen, wenn er das möchte.«

Tarsus öffnete seinen Mund, aber ich hob die Hand.

»Ich habe gerade erst angefangen. Lasst mich bitte ausreden«, kam ich ihm zuvor und sah, wie seine Lippen zuckten. Tarsus' Wachmänner warfen sich einen verwunderten Blick zu. »Zudem möchte ich, dass meine Brüder mit allem ausgestattet werden, was sie brauchen, vor allem soll jeder seine eigene Unterkunft bekommen. Am besten ein Haus für jeden von ihnen.« Audius und die anderen könnten weiter ihren Lebensunterhalt als Krieger verdienen und gleichzeitig eine Familie haben. Dass ich sie in meiner Nähe wusste, war ein Pluspunkt. Audius stand auf und verließ den Raum. Kurz darauf fiel die Tür ins Schloss. »Nun zu mir. Ich werde als Königin in alle strategischen, taktischen und operativen Schritte des Königreichs einbezogen. Ich werde eine vollwertige Partnerin an Eurer Seite. Bevor diese Ehe geschlossen wird, solltet Ihr verkünden, dass das Kind Euer Fleisch und Blut ist. Sollte uns beiden etwas geschehen, würde mein Kind niemals den Thron besteigen können, da es nicht von Euch ist. Wenn wir schon einmal beim Thema sind: Ich weiß, dass nach atamarischem Gesetz keine Frau den Thron besteigen kann, außer sie ist bereits Königin. Deshalb bitte ich Euch, sobald Ihr in Zahra ankommt, Euren Beraterstab zusammenzurufen und das Throngesetz zu ändern. Falls ich eine Tochter bekomme, möchte ich nicht, dass sie nur wegen ihres Geschlechts benachteiligt wird.« Die Gesichter hinter dem König versteinerten. Tarsus' Miene hingegen blieb reglos, bis er plötzlich seine Lippen verzog.

»Du warst schon immer eine harte Verhandlungspartnerin, Elenas. Ich werde nicht versuchen, an deinen Bedingungen zu rütteln. Nur sollst du wissen, dass es Zeit brauchen wird, ein Gesetz zu ändern, dass seit Jahrhunderten tief im atamarischen Gesetzbuch verankert ist. Meine Berater werden zetern wie Waschweiber.« Er seufzte theatralisch und blickte zur Decke. »Aber wenn du für all diese Mühen meine Belohnung sein wirst, werde ich tun, was in meiner Macht steht.«

Ich wusste nicht, wann ich das letzte Mal errötet war, aber in diesem Augenblick tat ich es. Meine Wangen fühlten sich heiß an, als er mir einen durchdringenden Blick zuwarf. Hinter mir hörte ich Wortfetzen und leises Gelächter, angesichts seiner offenen Worte. Ich warf meinen Männern einen vernichtenden Blick zu, der sie aus dem Raum stoben ließ, als wäre der Teufel hinter ihnen her.

„Verliere nicht die Beherrschung."

Elenas

Es dauerte nicht lange, unser gesamtes Hab und Gut zusammenzupacken und auf die Pferde zu laden. Es war der kümmerliche Rest unseres Lebens, das wir mit nach Zahra nehmen würden. Gerade einmal zwei Leinensäcke pro Person, was mehr als erbärmlich war.

Die beiden Kisten mit den Edelsteinen und dem Gold, das ich aus Ashkolon hatte hierher schaffen lassen, ließ ich auf einen Karren laden, den Audius in der Stadt besorgt hatte.

Tarsus stand mit seinen Männern auf der hölzernen Veranda und sah uns dabei zu, wie wir alles verstauten. Ich hatte Santyx auf dem Tisch im Wohnbereich eine Nachricht hinterlassen. Wenn er zurückkam, würde er sie sehen und wissen, wo wir uns befanden. Er war immer noch nicht aus Ashkolon zurückgekehrt und ich fing langsam an, mir Sorgen zu machen. Er war seit Wochen weg und ich hatte keine Ahnung, ob er die Frau, die sein Herz besaß, gefunden hatte. Danach hatte er mehr über Vitaans Verbleib herausbekommen und Teflons restliche Männer treffen wollen, um sie als Unterstützung nach Zahra zu schicken.

Ich wusste nicht einmal, ob er überhaupt noch lebte. Sofort schüttelte ich den Kopf. So etwas durfte ich nicht einmal denken. Santyx war ganz sicher nichts zugestoßen und er würde vermutlich bald hier eintreffen. Er musste am Leben sein. Er musste!

»Was ist?«, hörte ich Tarsus tiefe Stimme dicht an meinem Ohr und zuckte unwillkürlich zusammen.

Ich war gerade dabei, Unicus' Steigbügel festzuziehen. Ich sah über meine Schulter und begegnete seinem fragenden Blick. Ich musste wohl ähnlich dreingeblickt haben, denn er erklärte sich.

»Du hast den Kopf geschüttelt«, meinte er.

»Mir gehen einige Dinge durch den Kopf«, gestand ich. »Aber das ist nicht der richtige Zeitpunkt, um das zu besprechen. Wir reden, wenn wir in Zahra sind, in Ordnung?«, bat ich leise. Audius stechender Blick, bohrte sich in meinen Rücken als ich mich zum König vorbeugte.

Was hatte er für ein Problem? Seit ich Tarsus' Heiratsantrag angenommen hatte, benahm er sich abweisend, fast schon aggressiv. Am besten klärte ich das mit ihm, bevor wir aufbrachen.

Der König ging zum Haus zurück und ich wandte mich an Audius. »Hast du einen Augenblick für mich?«, bat ich ihn und erntete stoisches Schweigen. Er hielt nicht einmal in seinem Tun inne, was mich irritierte. Mit kräftigen Zügen band er seine Habseligkeiten an den Sattelknauf und zurrte das Seil fest. Die Männer und ich waren wie eine Familie. Alles was wir noch besaßen, war einander. Seine abweisende Art schmerzte mehr, als ich mir eingestehen wollte.

»Ich weiß, dass du ein Problem hast. Spuck es aus, Audius. Worum geht es?«, stellte ich ihn zur Rede.

Mit einem frustrierten Schnauben strich er sich durch die Haare und fuhr zu mir herum. »Hast du dir mal Gedanken darüber gemacht, dass wir vielleicht nicht so erpicht darauf sind, in den Palast zu ziehen? Dass wir mit dem glücklich sind, das wir jetzt haben?«, schnauzte er mich an.

Vor Schreck trat ich einen Schritt zurück.

Mit gerötetem Gesicht folgte er mir. »Du erklärst uns in einem Augenblick zu freien Männern und im nächsten entscheidest du, wo und wie wir unsere Leben weiterzuführen haben. Du verteilst deine Schätze, damit wir uns ein Heim aufbauen können, und verdammst uns mit dem nächsten Atemzug zu einem Kriegerleben im Palast«, fauchte er und schien schier außer sich vor Wut. Tribas und Timor ließen von ihrer Arbeit ab und richteten ihre Aufmerksamkeit auf uns.

»Das stimmt nicht, Audius. Du musst nicht mitkommen, wenn du nicht möchtest. Ich zwinge niemanden, mir zu folgen«, wehrte ich mich mit zittriger Stimme und hasste mich in diesem Moment dafür, weil ich mich von ihm verunsichern ließ.

Er lachte höhnisch auf, dabei legte sich ein harter Zug um seinen Mund. Himmel, ich erkannte Audius kaum wieder.

»Es geht nicht darum, was ich will oder die anderen. Es sind deine schlechten Entscheidungen, die uns ins Verderben gestürzt haben. Und trotzdem hörst du nicht auf. Das ist mein verdammtes Problem!«, rief er und zeigte anklagend mit dem Finger auf mich.

Zu meiner Schande stiegen mir Tränen in die Augen.

»Du hast diesen Sklaven ins Lager gelassen, obwohl wir dich mehrfach gewarnt haben. Du hast dich von ihm schwängern lassen, und als du erfahren hast, wer er in Wirklichkeit ist, hast du dich von deinem Hass dazu verleiten lassen, alle Hinweise einer Verschwörung zu übersehen, und ein ganzes Heer ins Verderben gestürzt!«, schrie er und machte einen weiteren Schritt auf mich zu.

Meine Kehle war wie zugeschnürt. Ich konnte ihm nicht widersprechen. Er hatte recht.

»Genug jetzt. Das reicht«, mischte sich Tarsus ein und stellte sich neben mich.

Audius ignorierte ihn. »Und jetzt heiratest du den König von Atamara und lässt uns keine andere Wahl, als dir zu folgen. Ohne uns zu fragen, ob diese Entscheidung in unserem Sinne ist und ob wir überhaupt an deiner Seite stehen wollen. Du tust immer das, was dir gerade richtig erscheint. Wenn es schief geht, änderst du deine Meinung und greifst nach jeder sich bietenden Gelegenheit, um deine vorangegangene Entscheidung wiedergutzumachen«, warf er mir vor.

Er trat so dicht an mich heran, wie mein Bauchumfang es zuließ. Sein Blick wurde ruhiger, als er mich mit einem abschätzenden Blick musterte.

»Ich bin weiß Gott kein Freund von Dastan, aber ich verstehe seinen Verrat mit jedem Tag besser. Du hast es nicht anders verdient«, zischte er.

Etwas zerbrach in meiner Brust. Die Bedeutung seiner Worte sickerte in mein Herz, sodass ich zu meiner Schande die aufsteigenden Tränen nicht zurückhalten konnte. Beschämt und gedemütigt nickte ich langsam.

»Ich habe immer nur das Richtige tun wollen und dabei kläglich versagt. Vermutlich war ich nie eine gute Heerführerin, geschweige eine gute Freundin.«

Ich bemerkte die ausweichenden Blicke der anderen. Ihr Schweigen ließ mich annehmen, dass sie mit Audius einer Meinung waren.

»Wer mich nicht nach Zahra begleiten möchte, kann natürlich bleiben. Ich bin niemandem böse. Es ist euer Leben und ich habe nicht zu bestimmen, wie ihr es zu leben habt. Ich dachte, meine Bedingungen an Tarsus würden euch eine Grundlage geben, damit ihr weiter als Krieger euren Lohn verdienen und ein eigenes Heim zugesprochen bekommt, ohne eins erst bauen zu müssen. Ich dachte, es sei das Beste für euch. Es tut mir leid.« Meine Stimme versagte und ich wandte mich schnell ab. Mit einem lautlosen Schluchzen eilte ich in die Hütte.

Die erste Ertappe der Reise nach Zahra verlief überwiegend schweigend. Ich hatte Timors Angebot, mir beim Aufsitzen auf Unicus zu helfen, abgelehnt. Es war eine Sache, hochzukommen, eine andere jedoch, wieder herunterzusteigen. Diese Blöße wollte ich mir nicht geben, wenn ich im Palast ankam. Aus diesem Grund hatte ich den Karren gewählt. Da der König noch etwas mit mir zu besprechen hatte, hatte er einem seiner Männer sein Pferd gegeben und sich zu unser aller Überraschung neben mich auf den Karren gesetzt. Die Zügel hingen locker in Tarsus Händen während er nachdenklich die Pferde lenkte.

Langsam drang die eisige Winterkälte durch meinen dicken Pelzmantel und ich griff zu der Decke, die neben mir auf der Holzbank lag. Die schöne schneebehangene Landschaft hob meine Stimmung kaum, während Audius' kränkende Worte in meinen Ohren widerhallten. Er mochte in einigen Dingen recht haben, aber dass ich meinen Brüdern keine Wahl ließ, stimmte nicht.

Als wir in Nomlep angekommen waren, hatte ich sie von ihren Gelübden freigesprochen, sodass sie nicht mehr unter meiner Befehlsgewalt standen. Die Bezeichnung einer Heerführerin stand mir nicht mehr zu, nachdem wir land- und königslos waren.

Einen Teil der Edelsteine und des Goldes hatte ich unter ihnen aufgeteilt, damit sie sich ein Stück Land kaufen konnten, um ihr eigenes Heim zu errichten. Sie hatten darauf bestanden, solange bei mir zu bleiben, bis das Kind auf der Welt war.

Dass Audius nicht nach Zahra mitkommen wollte, konnte ich durchaus verstehen. Seit er die junge Wirtin kennengelernt hatte, in deren Herberge er untergekommen war, hatte er sich verändert. Wie Tribas gesagt hatte, hatte sich Audius bei der ersten Begegnung in die Frau verliebt. Dass er sie nicht verlassen wollte, hätte er mir sagen können. Ich war schließlich kein Monster. Er hätte nicht so verletzend sein müssen.

Auch Tribas und Timor waren nicht mitgekommen. Bevor wir uns auf den Weg in die Hauptstadt gemacht hatten, war Tribas an mich herangetreten.

»Was Audius gesagt hat, war nicht fair, Elenas, hör nicht auf ihn. Er ist nur wütend, weil es um diese Frau geht. Timor und ich werden bleiben, um noch einige Dinge zu erledigen.« Dann hatte er seinen schelmischen Blick aufgesetzt, den ich so sehr an ihm mochte. »So schnell wirst du uns nicht los, Schwesterherz. Wir kommen nach, sobald wir hier fertig sind. Vielleicht ist bis dahin auch Santyx zurückgekehrt«.

Ich hatte nicht gefragt, um welche Angelegenheiten es ging, weil ich nicht Neugierig erscheinen wollte. Ich konnte nur vermuten, dass es um Frauen ging. Um mich abzulenken, wandte ich mich an Tarsus. »Was wolltest du mit mir besprechen?«

»Bevor wir Nomlep verlassen haben, hab ich eine Nachricht an den Palast geschickt, damit die Vorbereitungen für unsere Hochzeit beginnen. Sei es nun die Auswahl und die Abfolge der Speisen, das Erfassen und Versenden der Einladungen an die Gäste oder der Ersuch eines Schneiders für dein Kleid. Es soll so viel wie möglich erledigt werden, damit du dich nach deiner Ankunft im Palast nicht mit solchen Kleinigkeiten befassen musst. Es gibt im Augenblick wohl genug Dinge, die dir durch den Kopf gehen.« Sein Blick war ernst als er mich von der Seite musterte.

»Gebt es zu, ihr habt es eilig«, antwortete ich lächelnd und erhielt ein kleines Schmunzeln.

»Willst du mich nicht beim Namen nennen, Elenas? Dieses Ihr und Euer … Darüber sind wir nun hinaus, oder nicht«, beschied er. Als ich nickte, fuhr er fort: »Meine Eile darfst du mir aus zwei Gründen nicht verübeln. Erstens haben wir immer noch das Problem Beytaht. Je eher die Hochzeit vonstattengeht, desto schneller können wir uns auf ihn konzentrieren. Zweitens – und das ist der eigentliche Grund, weshalb ich es eilig habe, – möchte ich mein restliches Leben mit der schönsten und klügsten Frau der Welt verbringen. Ich kann es kaum abwarten, dass du dein Gelübde vor den Hohepriestern sprichst und mich zum Mann nimmst.« Seine ernsten und aufrichtigen Worte ließen mich schlucken.

»Du tust es schon wieder«, flüsterte ich kopfschüttelnd.

»Was tue ich?«, fragte er verwirrt. »Mich in Verlegenheit bringen, was sonst«, entgegnete ich brüsk, was ihn laut Auflachen ließ.

»Teufel, Elenas. Ich kann mich nicht erinnern, dass es je eine Person gegeben hat, die dich in Verlegenheit hätte bringen können.« Seine Stimme senkte sich, sodass nur ich ihn hören konnte. »Diese neue Seite an dir gibt mir Mut, weißt du. Du warst immer so kalt und unnahbar, dass ich mich mehr als einmal gefragt habe, wie du so werden konntest. Was musste dir geschehen sein, dass du so erbarmungslos werden konntest? Nie konnte man deinen nächsten Schritt voraussehen oder die Richtung erahnen, die deine Gedanken nehmen würde.« Er seufzte. »Ich denke, das war einer der Hauptgründe, weshalb König Xenex dich als Heerführerin haben wollte. Du warst allen Männern im Heer geistig überlegen. Ich bin stolz, dich bald meine Frau nennen zu dürfen, Elenas. Und wenn ich offen sprechen darf, bin ich mehr als nervös bei dem Gedanken, dich auch bald in meinem Bett zu wissen.«

Er sprach mit solch einer Ernsthaftigkeit, dass sich mein Innerstes erwärmte. Allerdings beschrieb nervös meine Gefühle hinsichtlich der gemeinsamen Nächte nicht annähernd. Es würde mich eine Menge Überwindung kosten, zu Tarsus ins Bett zu steigen. Wenn ich meine Lider schloss und versuchte, mir Tarsus Hände auf meiner nackten Haut vorzustellen, begegneten mir stets ein paar bernsteinfarbener Augen – Dastans Augen. Mein Körper verlangte immer noch nach ihm, ob ich nun wollte oder nicht.

„Nur die Fähigen können herrschen."

Dastan

Seit Stunden saß ich mit meinen Männern zusammen und diskutierte über den möglichen Grund für Tarsus' Anwesenheit in Nomlep. So sehr wir uns auch das Hirn zermarterten, fanden wir keinen logischen Grund, außer dass er zu Elenas wollte. Es musste einfach etwas mit ihr zu tun haben. Dass der Herrscher sich ausgerechnet in so ein unbedeutendes Nest wie Nomlep verirrte, konnte kein Zufall sein.

Wir hatten uns in meiner Kammer versammelt, und während Shiman, Hatiif und Useyn weitere Mutmaßungen aufstellten, ging ich meinen eigenen Gedanken nach. Gereizt stellte ich mich an das Fenster und sah auf die Straßen, die zur Mittagszeit voller Menschen waren.

Seit ich von Elenas Hütte zurückgekehrt war, hatte ich nicht geschlafen. Mit einer Hand fuhr ich mir über die müden Augen, um das Brennen zu lindern. Am liebsten würde ich zu Elenas gehen, dabei hatte ich mir geschworen, ihr Zeit zu lassen, nachdem ich ihren Zustand bei Nimerus' Bestattung mit eigenen Augen gesehen hatte. Sie war am Boden zerstört. An ihre Tür zu klopfen und sie über den König auszufragen, kam nicht infrage.

Welchen Grund außer ein persönliches Interesse an Elenas könnte Tarsus veranlasst haben, herzukommen? Dieses Zimmer schien mich zu erdrücken. Noch bevor ich einen Entschluss gefasst hatte, was ich tun sollte, verließ ich die Kammer. Meine Beine hatten bereits eine Richtung eingeschlagen, ohne dass mir wirklich bewusst war, wohin ich wollte.

Das Wirtshaus, in dem Tribas und Audius einkehrten, lag ein Stück vom Markt entfernt, weshalb ich eine Weile brauchte, um es zu erreichen. Als ich davor stehen blieb, entging mir nicht die heruntergekommene Fassade. Ehrlich verwundert, dass sich Audius ausgerechnet in dieser Herberge niedergelassen hatte, statt in einer, die mehr Komfort bot, trat ich ein. Dabei erklang eine Glocke über meinem Kopf. Eine junge, hochschwangere Frau kam aus dem hinteren Bereich einer Theke, die zu einer Küche führen schien. »Guten Tag. Braucht Ihr ein Zimmer?«, erkundigte sie sich lächelnd.

»Nein, nicht nötig. Ich suche nach Audius. Ist er hier?«, fragte ich sie und das Lächeln auf ihrem Gesicht verblasste ein wenig.

Mir entging nicht, dass sie mich musterte, bevor sie mit den Schultern zuckte.

»Ich weiß es nicht, Herr. Nehmt drinnen Platz. Ich sehe nach, ob er in seinem Zimmer ist«, meinte sie freundlich, zeigte in einen Raum zu ihrer linken und stieg anschließend eine Treppe hinauf, die am Ende der Theke in das obere Stockwerk führte.

Ich ging hinüber und verstand nun, weshalb die beiden Männer hier geblieben waren. Ein loderndes Feuer brannte im Kamin, eine gemütliche Atmosphäre hüllte jeden ein, sobald er einen Schritt in den Raum setzte. Polternde Schritte erklangen hinter mir und ich wandte mich um. Audius blieb auf der breiten Türschwelle stehen, bedachte mich mit einem überraschten Blick, fasste sich aber schnell wieder. Mit seiner üblich grimmigen Miene visierte er den Sessel direkt vor dem Kamin an. Er setzte sich und ich nahm den Sessel ihm gegenüber. Er sah mich abwartend an.

»Wir hatten keinen guten Start, das ist mir bewusst«, begann ich. »Aber ich möchte, dass du weißt, dass es nie in meiner Absicht lag, einem von euch oder Elenas Schaden zuzufügen.« Nach einem tiefen Atemzug sprach ich weiter: »Ein Fehler meinerseits brachte all das Chaos ins Rollen und es würden keine tausend Entschuldigungen reichen, um das wiedergutzumachen.«

Ich legte meine Ellenbogen auf die Knie und sah auf den Boden.

»Es würde mich nicht wundern, wenn ich der letzte Mensch auf der Welt wäre, den du sehen möchtest. Das kann ich wirklich verstehen. Aber dass ich heute hier bin, hat seinen Grund.«

Ich sah auf und blickte in Audius' teilnahmsloses Gesicht. Für einen Augenblick kam mir der Gedanke, dass er mir keine Antwort geben würde. Aber gehen, ohne es versucht zu haben, kam auch nicht infrage.

»Ich würde gerne wissen, was Elenas mit Tarsus zu schaffen hat«, bat ich ihn mir zu verraten. Wie vermutet sagte er nichts. Das würde schwieriger werden als angenommen. »Ich habe dich etwas gefragt, Stellvertreter.« Ich knurrte.

»Ich bin kein Stellvertreter mehr, das solltest du eigentlich wissen. Immerhin hast du selbst dafür gesorgt«, spottete er und lehnte sich im Sitz zurück.

Ich fuhr mir wütend durch die Haare und nahm einen tiefen Atemzug, um meinen Zorn zu kontrollieren.

»Ich will nur den Grund seines Kommens wissen, Audius. Du weißt, warum er hier ist«, warf ich ihm vor. Als er keine Anstalten machte, zu reagieren, versuchte ich es mit etwas anderem. »Auch wenn du es nicht glauben willst, liebe ich sie. Ich liebe sie wie am ersten Tag. Und wenn die Gefahr bestehen sollte, sie erneut zu verlieren, würde ich das gerne vorher wissen, um für sie und mein Kind zu kämpfen. Ich weiß, du hasst mich. Dennoch bitte ich dich inständig, mir nicht die Möglichkeit zu verwehren, sie umzustimmen«, bat ich ihn inbrünstig und schien endlich zu ihm durchzuringen.

Sein Gesicht nahm einen abwesenden Ausdruck an, aber die Worte passten nicht zu seiner Mimik. »Sie ist bereits weg. Du kommst zu spät.«

Mein Herz stockte, dann nahm es einen viel zu schnellen Takt auf. Langsam stand ich auf, sah ungläubig auf ihn herab.

»Weg, wohin?«

Audius erwiderte meinen Blick nicht, sondern starrte in das knisternde Feuer. »Sie ist mit Tarsus gegangen«, antwortete er knapp und wippte mit einem Bein.

»Warum? Was will Tarsus von ihr?«, rief ich aufgebracht und konnte meinen Zorn nur schwer in Zaun halten. Dieser verdammte Hurensohn. Wenn er ihr etwas angetan hatte, würde ich ihn umbringen. Vorher aber würde ich mich an Audius halten, weil ich ihm jedes verdammte Wort aus der Nase ziehen musste.

Audius' nächste Worte zogen mir den Boden unter den Füßen weg. »Er will sie zu seiner Königin machen.«

„Eifersucht ist tödlicher als Gift."

Elenas

Etwas stimmte nicht. Seit ich die Tür meines Schlafgemachs geschlossen und vor das Bett getreten war, prickelte es in meinem Nacken, als lauerte Gefahr in dem Raum, dass mir gestern Tarsus zugewiesen hatte.

Da der Raum nur durch das spärliche Licht des Feuers erleuchtet wurde, konnte ich kaum etwas erkennen. Die Kerzen lagen auf dem Tisch auf der anderen Seite des Zimmers. Als ich das Schwert unter meiner Matratze herauszog und herumfuhr, trat ein Hüne aus dem Schatten der Nische hinter der Tür. Der schwache Schein des Feuers erleuchtete sein markantes Gesicht.

Mein Atem stockte, als ich Dastan erkannte, der mit erhobenem Haupt vor mir stand. Die Klinge glitt mir aus der Hand, da alle Kraft meinen Körper verließ, und landete mit einem dumpfen Scheppern auf dem Boden. Seine plötzliche Erscheinung überrumpelte mich. Nicht in tausend Jahren hätte ich mir vorstellen können, dass er sich in den Palast schleichen würde, während Tarsus' Männer in unmittelbarer Nähe weilten. Das war verdammt gefährlich. Wenn sie ihn hier fanden, konnte er zum Tode verurteilt werden. Dafür musste er noch nicht einmal etwas getan haben. Wie ein lauernder Wolf bewegte er sich nun auf mich zu und blieb dicht vor mir stehen. Obwohl das Gemach geräumig war, außer dem Doppelbett noch einen Tisch mit zwei Sesseln, einen Kleiderschrank, zwei kniehohe Truhen und einen Standspiegel beinhaltete, schienen die Wände mir jetzt viel näher als zuvor.

Etwas hielt mich davon ab, zu reagieren. Vielleicht war es der kalte Blick in seinen Augen oder die hervortretenden Adern an seinem Hals, die mich erstarren ließen.

Langsam hob er eine Hand und strich federleicht über meine rechte Braue. Ich schluckte hörbar und hielt den Blick fest auf sein Gesicht gerichtet. Es zeigte keine Regung, kein Gefühl, kein Anzeichen darauf, was in ihm vorging.

Himmel, wie sehr ich ihn vermisst hatte. Sein Geruch nach Wald und Leder wehte mir in die Nase und beschwor Bilder von längst vergangenen Tagen herauf. Wie wir in meinem Zelt beim Mittagsmahl saßen, gemeinsam lachten und uns stundenlang über Gott und die Welt unterhielten. Unsere Nacht in Tussa und der Abschied, der mich so hart getroffen hatte, dass es mich innerlich zerrissen hatte.

Ich schluckte die aufsteigenden Tränen mit dem Kloß in meinem Hals herunter.

Seine Hand wanderte über meine Schläfe und umfing meinen Hinterkopf. Viel zu schnell, als dass ich sein Vorhaben hätte erahnen können, wickelte er sich meine Haare um die Hand und überbrückte mit einem Ruck die geringe Distanz zwischen uns. Mit der anderen Hand umfing er meine Taille. Mein gewölbter Bauch presste sich gegen ihn. Grob zog er meinen Kopf nach hinten und beugte sich so weit zu mir, bis sich unser Atem vermischte.

»So sieht man sich wieder«, zischte er.

Zum ersten Mal zeigten sich Gefühle auf seinem Gesicht. Sein Kiefer mahlte knirschend und die goldenen Sprenkel in seinen Augen schienen Funken zu sprühen. Mein Herz schlug vor Angst heftig gegen mein Brustkorb und mein Atem kam stoßweise.

»Du wirst dir denken können, wie verwundert ich war, als ich die totgeglaubte Frau meines Herzens plötzlich vor mir sah. Quicklebendig und bester Gesundheit.« Sein Griff um meine Haare wurde fester.

Ich versuchte, ihn von mir wegzuschieben, aber er rührte sich nicht vom Fleck, stattdessen drängte er mich mit dem Rücken gegen die Wand.

»Dastan, ich …« Meine Stimme brach, als sein Griff so grob wurde, dass mir Tränen in die Augen traten.

»Du musst es mir nachsehen, Liebling«, knurrte er dicht an meinem Ohr, »wenn ich meine Freude nicht in dem Maße zügeln kann, wie der Anstand es verlangt. Immerhin hast du eingewilligt einen anderen Mann zu heiraten.« Hart presste er seine Lippen auf meine.

Mein Kopf stieß gegen den kalten Stein, meine Unterlippe riss angesichts seiner Grobheit. Ich schmeckte Blut. Er musste es auch bemerkt haben, aber es schien ihn nicht zu kümmern. Ich versuchte, meinen Kopf wegzudrehen, jedoch hatte er mich mit beiden Händen fixiert, sodass mir nichts anderes übrig blieb, als seine Wut über mich ergehen zu lassen.

Von seinen einst weichen Lippen und den sanften Berührungen, die stets meine Träume füllten, war nichts übrig. Seine Bewegungen waren abgehackt und grob, er tat mir weh und nahm mir die Luft zum Atmen. Ich wollte schreien, ihn verletzen, wie er mich verletzte, allerdings war ich körperlich nicht mehr in der Verfassung, ihm ernsthaft etwas entgegenzusetzen.

Ich hatte gewusst, dass mein Tod ihn hart treffen würde, dass es alle Zärtlichkeit und Liebe aus ihm saugen könnte, war mir nicht möglich erschienen. So war Dastan nicht. Selbst in den dunkelsten Augenblicken, in denen ich ihn verabscheut hatte, hatte ich tief in mir gewusst, dass er nicht wirklich böse oder kaltherzig war. Grausamkeit war keine seiner Eigenschaften, jedenfalls nicht früher.

Himmel, ich wollte den früheren Dastan zurück, diesen hier ertrug ich nicht. Unter meinen Lidern sammelten sich Tränen und liefen meine Wangen hinab. Ich legte meine Hand auf seine, die mein Gesicht in einem Klammergriff festhielt. Ein Schluchzen stieg meine Kehle empor, das er mit meinem Atem herunterschluckte.

Plötzlich erstarrte er und regte sich einen Augenblick nicht. Ganz langsam, als erwache er aus einer Trance, hob er seinen Kopf, um mir in die Augen zu sehen. Er blinzelte ein paar Mal, dann weiteten sich seine Augen erschrocken, sein blutverschmierter Mund verzerrte sich vor Ekel. Er ließ so schnell von mir ab, dass ich nach vorne kippte. Im letzten Augenblick fing ich mich und stützte mich am Bettrand ab.

Warmes Blut lief in einem dünnen Rinnsal mein Kinn hinab, mit dem Handrücken wischte ich es ab.

Dastan sah aus, wie ich mich fühlte: angewidert und verwirrt.

»Ich freue mich auch, dich zu sehen, Liebling«, zischte ich. Meine Stimme brach. Die Tränen kamen, wieder. Sie liefen über meine Wangen und tropften auf meine Brust.

Er wandte seinen Blick ab und fuhr sich fahrig durch das schulterlange Haar. Sein keuchender Atem beruhigte sich langsam. Nach einer Weile brach er das angespannte Schweigen.

»Du willst also gemeinsame Sache mit diesem Hund Tarsus machen?«, fragte er mit einem Hauch Resignation in der Stimme. »Denkst du allen Ernstes, dass ich einfach dastehen und zusehen werde, wir er dich zur Frau nimmt? Mein Kind als sein eigenes großzieht?«, blaffte er. Seine Wut kam mit voller Wucht zurück. Er wirbelte herum und fixierte mich mit lodernden Augen.

Ich schwieg, um ihn nicht noch zu reizen oder vielleicht auch, weil er mir wirklich Angst machte. »Das wird niemals geschehen, nicht so lange ich lebe.« Mit zwei Schritten war er bei mir und baute sich vor mir auf.

»Schlag dir diesen Schwachsinn aus dem Kopf. Wenn er auch nur versucht, dich anzufassen, bringe ich ihn um.« Der kalte Ton ließ mich einen Schritt zurücktreten.

»Das hast du nicht zu entscheiden. Ich heirate, wen ich will. Du hast kein Recht, dich in mein Leben einzumischen. Du gehörst nicht mehr in meine Welt«, entgegnete ich so emotionslos, wie ich konnte, und versuchte, unbeeindruckt zu klingen.

Mutig reckte ich mein Kinn vor.

»Das ist bedauerlich, aber nicht weiter schlimm«, entgegnete er mit einer Ruhe, die die Härchen auf meinen Armen aufrichtete. Seine Lippen verzogen sich.

Das Funkeln in seinen Augen verhieß nichts Gutes. Ich mochte Dastan nicht lange kennen, aber die wenigen Wochen, die wir miteinander verbracht hatten, hatten gereicht, um ihn eingehend zu studieren.

»Dafür bist du meine ganze Welt und diese Tatsache, reicht für uns beide«, fuhr er in leisem Ton fort, wobei das Lächeln seine Augen nicht erreichte. Er senkte seinen Kopf, bis seine Lippen meine Schläfe berührten. »Schließ die Augen, Grünauge. Das wird eine lange Reise«, raunte er leise.

Was für eine Reise?

Ich bemerkte, wie seine Hand hinter seinem Rücken verschwand. Mein Kopf fuhr hoch, aber es war zu spät. Blitzschnell wickelte er ein Leinentuch um meinen Mund um zu verhindern, dass ich schrie und drückte mich gegen die Wand. Ich schlug nach ihm, trat und versuchte, durch den Knebel zu schreien, aber es nützte nichts.

Indem er seinen Körper eng an meinen presste, konnte ich mich kaum rühren. Trotzdem drückte ich so fest gegen seine Brust, wie ich konnte. Nach kürzester Zeit stand mir der Schweiß auf der Stirn.

Er verknotete das Tuch an meinem Hinterkopf, rückte von mir ab und wirbelte mich herum. Er zog grob meine Arme nach hinten, vermutlich, um sie mir zu fesseln. Mit voller Wucht trat ich nach seinem Schienbein. Der darauffolgende Schmerzlaut verschaffte mir nicht die erwartete Genugtuung. Dennoch holte ich mit dem Ellenbogen aus, um ihn in seinen Magen zu versenken, aber er kam mir zuvor. Verdammt er war zu stark.

Mit eisernem Griff packte er mich am Genick und stieß mich mit dem Gesicht voran gegen die Wand. Mein Kopf prallte gegen den kalten Stein, was mich meine Gegenwehr vergessen ließ. Der kurze Augenblick verschaffte ihm genug Zeit, um meine Hände festzubinden. Ich fluchte durch den Knebel und beschimpfte ihn, was er zunächst mit einem Schnaufen kommentierte.

»Spar dir deine Kräfte, meine Schöne. Die wirst du brauchen, wenn wir unsere Geschichte von vorn beginnen und diesmal auch zu Ende schreiben«, spottete er, bevor er mich zum Fenster schleifte.

„Es ist nicht von Bedeutung was du siehst. Sondern, wie du es siehst."

Elenas

Dastan zog einen Umhang aus dem Schrank, warf es mir über und drängte mich durch das deckenhohe Fenster um mir dann hinaus zu folgen. Er selber trug ein einfaches Hemd und Lederbeinlinge, die Kälte schien ihm nichts auszumachen.

Wir befanden uns im zweiten Obergeschoss. Dichter Schneefall behinderte unsere Sicht so stark, dass wir die Hand vor Augen nicht sehen konnten. Der Wind zerrte an unserer Kleidung und tat damit sein Übriges, um uns zu verlangsamen.

Die hängenden Gärten waren ohne die Sicherung am Abhang auch in der warmen Jahreszeit gefährlich genug. Wenn wir nicht aufpassten, konnten wir ausrutschen oder ins Leere treten. Dastan konnte einen mehrere Stockwerke tiefen Fall vielleicht überleben, mein Kind sicherlich nicht.

Der eisige Wind fraß sich durch den Stoff meines Umhangs, meine Zähne fingen an zu klappern, während Dastan mich näher an das ungesicherte Ende zog. Wenn ich nicht sterben wollte, musste ich einen Weg aus diesem Schlamassel finden. Zu versuchen auf das Dach unter oder über uns zu klettern, war mit meinem Bauch unmöglich. Die einzige Option war, mich loszureißen und durch das Fenster zu flüchten, durch das wir eben gestiegen sind.

Im nächsten Augenblick setzte ich meinen Gedanken in die Tat um. Als er es am wenigsten erwartete, trat ich ihm auf den Fuß. Sein Griff lockerte sich, was mir die Chance gab, um zurückzulaufen. Blitzschnell legte sich sein Arm um meinen Hals und er zog mich an seinen Körper. »Du verdammter Idiot. Hier kommst du nicht raus. Du wirst uns umbringen!«, schrie ich durch den Knebel und holte mit dem Fuß aus, um ihn zu treten. Er wich aus und wirbelte mich zu sich herum.

»Lass das mein Problem sein. Ich werde hier heil herauskommen und zwar mit dir an meiner Seite. Auf der Rückseite des Dachs habe ich ein Strick befestigt. Damit werden wir uns runterseilen«, fauchte er. Tarsus hatte mir nach meiner Ankunft im Palast das Anwesen gezeigt. Mir war aufgefallen, dass die Südseite, von dieser Dastan zu flüchten gedachte, weniger bis überhaupt nicht bewacht war. Der Grund dafür war, dass dieser Weg direkt auf den Hof des Palastes führte. Allerdings würden die Schatten dort jeden Eindringling bestens verbergen, weshalb die Anwesenheit von Wachen nötig machte. Dastan hatte diese Schwäche bemerkt und ausgenutzt.

Zur Antwort trat ich ihm erneut gegen sein Schienbein. Er zischte und zog mich noch dichter an sich. Seine Hand legte sich auf meinen Hinterkopf.

»Hör auf damit. Du wirst dir noch wehtun«, zischte er, wobei seine Lippen meinen recht nahe kamen. Einen Wimpernschlag lang kam mir der Gedanke, dass er mich so grob küssen könnte wie zuvor, aber das tat er nicht. Er sah mich nur an und schien sich meine Züge genau einzuprägen. So hatte er mich immer angesehen, erinnerte ich mich. Als wäre ich das schönste und wertvollste Wesen auf der Welt.

Sein Blick veränderte sich, wurde sehnsuchtsvoll, während er meine Lippen betrachtete, dann reuevoll als er das Blut sah. Er löste den Knoten des Leinenstreifens und ließ es zu Boden fallen. Meine Knie zitterten und ein bekanntes Kribbeln strömte in meine Glieder. Mein Körper erinnerte sich an seine Berührungen, an seinen Geruch, der mir langsam in die Nase stieg und die animalische Lust, mit der wir uns geliebt hatten.

Mein Herz schlug hart gegen meine Brust, als mein Körper seinen Widerstand aufgab. Dastan beugte sich vor, gleichzeitig schloss ich meine Lider.

Ein hauchzarter Kuss streifte meine kalten Lippen. Seine waren warm, weich und zärtlich. Seine Weichheit stand im starken Gegensatz zu seinen Handlungen von vorhin, was mich völlig durcheinander brachte. Unsere Lippen verweilten aufeinander.

Ich nahm nur noch Dastan war, vergaß warum wir auf einem windigen schneebedeckten Dach standen. Die Realität verschwamm immer weiter, während ich das bekannte Gefühl auskostete, wie seine Berührungen mein Leben einfacher werden ließen. Erst als in unmittelbarer Nähe ein schleifendes Geräusch erklang, holte mich die Gegenwart ein.

Ich riss die Augen auf und taumelte erschrocken zurück. Tarsus' Heerführer hielt seine Schwertspitze seitlich an Dastans Hals und hinderte ihn daran, sich zu bewegen. Dastans Lider waren noch geschlossen, obwohl er die scharfe Klinge spüren musste. Ein dünnes Rinnsal Blut lief seinen Hals hinab und sickerte in seinen Hemdkragen. Nur langsam hoben sich seine Lider, als erwache er aus einem Traum. Er starrte mich an und dann lächelte er.

»Ich habe mir gedacht, dass du sie nicht einfach so ziehen lassen würdest, Heerführer. Ehrlich gesagt, hätte ich es auch nicht getan«, erklang Tarsus' Stimme, als er durch das Fenster trat, durch das wir gestiegen waren. Der Schneefall hatte nachgelassen und der Wind war abgeschwächt, weshalb ich den König sofort sah.

Bedächtigen Schrittes näherte er sich uns, ein halbes Dutzend Männer folgte ihm. Wie ein Rudel Hyänen kreisten sie Dastan ein. Mit einem durchdringenden Blick fixierte Tarsus den Eindringling. Dann trat er dich an mich und öffnete das verknotete Seil an meinen Handgelenken. Langsam strömte die Wärme in meine Glieder. Ich rieb mir die Finger, um die Taubheit zu vertreiben. Als ich Dastan wieder anschaute, bemerkte ich, dass seine Augen immer noch auf mir ruhten. Der König stellte sich direkt vor mich, sodass ich einen Schritt zurücktreten musste und unterbrach dadurch den Blickkontakt.

»Für dein Vorhaben, die zukünftige Königin und den zukünftigen Thronerben zu entführen, wirst du im Kerker schmoren«, beschied Tarsus kalt und verschränkte die Arme vor der Brust.

Ich spürte Dastans heiseres Knurren bis in meine Knochen.

»Das ist mein Kind und es wird keinen anderen Mann Vater nennen, solange ich nicht unter der Erde liege.«

»Da irrst du dich. Es ist bereits entschieden«, entgegnete Tarsus. Dastan stürzte sich auf den König. Sofort warfen sich die Krieger auf ihn, rangen ihn nieder und legten ihm Ketten an, damit er so etwas nicht noch einmal versuchte. Anschließend zerrten sie ihn auf die Füße. »So gerne ich diese Angelegenheit auch mit dir diskutieren würde, habe ich im Augenblick Dringlicheres zu tun. Eine angemessene Strafe für dein Vergehen werde ich in einigen Tagen mit meiner Frau«, Tarsus streckte die Hand nach mir aus und als ich danach griff, zog er mich zu sich, »abwägen. Die Wartezeit bis dahin wirst du in einer Zelle verbringen, wo du genug Gelegenheit haben wirst, noch einmal über deine Tat nachzudenken. Schafft ihn weg«, befahl er. Dastans durchdringender Blick suchte meinen.

»Ich weiß, dass du mich nicht hasst. Dazu sind wir nicht fähig, Grünauge, und das weißt du. Tu bitte nichts, was du später bereuen könntest. Bitte.« Er wehrte sich nicht, als ihn die Wachen fortbrachten.

Tarsus führte mich zum Fenster zurück und wir betraten mein warmes Schlafgemach.

»Denkst du dasselbe wie er?«, fragte Tarsus, während er einige Steinfiguren auf dem Kamin hin und her schob. Als ich nicht gleich antwortete, drehte er sich zu mir. »Du liebst ihn immer noch, nicht wahr?«

Ich rieb mir mit den Händen über die Arme, weil ich immer noch fröstelte. Nach kurzer Überlegung ging ich auf das Bett zu.

»Ehrlich gesagt, weiß ich nicht, was ich denken oder fühlen soll.« Ich setzte mich auf das Bettende und sah zu ihm auf. »Er hat es geschafft, mein Herz zu erweichen, und einen besseren Menschen aus mir gemacht. Er gab mir ein Gefühl, dass ich … ich …« Mir fielen nicht die richtigen Worte ein. »Ich war schon sehr lange bevor ich Dastan kennenlernte nicht glücklich«, gab ich schließlich zu und runzelte die Stirn. »Er hat Licht in meine Welt gebracht und mich mit dem nächsten Schlag in schwärzeste Dunkelheit gestoßen. Er hat mir alles gegeben und dann wieder genommen.«

Ich nahm einen tiefen Atemzug.

»Dastan irrt sich, wenn er annimmt, ich könnte ihn nicht hassen. Immerhin habe ich das die meiste Zeit unserer Bekanntschaft getan. Die Frage ist eher, ob ich das jetzt noch tue.«

„Ich glaube meinem Instinkt."

Elenas

Die Stimmen der Menschen, die sich wegen der Vermählung um den Palast versammelt hatten, drangen sogar durch die geschlossenen Fenster bis in mein Schlafgemach. Nein, mein und Tarsus' Schlafgemach, korrigierte ich mich. Ab heute würden wir diesen Raum teilen so wie das Bett, das mitten im Zimmer stand. Bei diesem Gedanken bekam ich nicht genug Luft und dachte nun zum tausendsten Mal darüber nach, ob meine Entscheidung, ihn zu heiraten, nicht doch ein Fehler gewesen war. Tat ich Tarsus nicht unrecht damit? Ich würde ihn vermutlich nie lieben, hatte ihm aber auch die Möglichkeit genommen, dass er eine Frau fand, die ihm ihr Herz schenkte.

Im mannshohen Spiegel, der in einer Ecke des riesigen Raumes stand, strich ich mir nervös über das atemberaubende Kleid aus roter Seide. Der kühle Stoff floss sich meisterlich um meine Kurven, und obwohl er meinen immensen Bauchumfang nicht versteckte, kaschierte er ihn durch die vielen komplizierten Verknotungen, die durch den gesamten Oberkörper verliefen, mehr als gekonnt. Das Hochzeitskleid reichte bis zum Boden und schleifte ein Stück hinter mir her.

Silberne Stickereien zierten die Seiten bis zum Saum und die Schleppe, deren Stoff ein wenig schwerer war. Der Schneider hatte mir verraten, dass die Schleppe so die arrangierte Form behielt, wenn ich den Tempel durchquerte, um vor den gelehrten Priestern Platz zu nehmen.

Bewundernd sah ich mir die dunklen Verzierungen auf meiner Haut an, die von meinen Fingern bis zu den Ellenbogen reichten. Als wäre der

Eleganz und Schönheit damit nicht genüge getan, waren meine Finger und Fußknöchel mit edelsteinbesetzten Goldstücken geschmückt. Das hüftlange Haar war mir kunstvoll um den Kopf geflochten worden und schmiegte sich elegant ins Bild. Heute Morgen war eine Schar Helferinnen durch den Raum gefegt. Während einige von ihnen die Kleider des Königs in die Schränke geräumt hatten, hatten andere das Bett für die Hochzeitsnacht mit teuren Seidentüchern bezogen. Schwere Ölschalen mit exotischen Düften und dutzende Kerzen wurden bereitgestellt. Es sah nicht mehr so aus wie das Gemach, indem ich nun einige Tage geschlafen habe, und das machte mir Angst. Ich hatte darauf bestanden bis zur Hochzeit mein eigenes Gemach zu bewohnen, um Tarsus besser kennenzulernen. Dass wir nicht in einem Raum schliefen, wusste niemand, da ich im Nebenzimmer nächtigte, dass durch eine Tür mit seinem verbunden war. Als es Zeit war in sein Schlafzimmer zu ziehen bat ich ihn seine Kleider in meines räumen zu lassen. Diese Räumlichkeit war mit der Fensterfront, die eine ganze Seite der Wand einnahm, viel heller. Tarsus hatte die Schultern gezuckt und der Dienerschaft befohlen, seine Sachen rüber zutragen. Jetzt seine ganzen Sachen im Zimmer zu sehen verdeutlichte mir, dass es kein Zurück mehr gab, wenn ich einmal –Ja sagte. Meine Gedanken schweiften wieder zu Dastan. Woran er wohl gerade dachte? Vermutlich wünschte er mich zur Hölle. Ich konnte seine Wut und seine Verzweiflung durch das mehrgeschossige Mauerwerk geradezu spüren. Aber ich hatte ihn nicht darum gebeten, zu kommen und mich zu entführen. Mit einem mulmigen Gefühl trat ich an das hohe Fenster, das zum Garten führte, und sah auf die jubelnde Menge hinunter. Er war voll mit Menschen, soweit das Auge reichte. Sie waren alle gekommen, um die Vermählung ihres Königs zu feiern. Der Anblick beunruhigte mich. Ein starkes Gefühl sagte mir, dass sich in der Menge jemand aufhielt, der für einen anderen Zweck gekommen war. Ich hatte es heute Nacht sogar geträumt. Aber als ich Tarsus am Morgen davon erzählt hatte, schenkte er mir ein nachsichtiges Lächeln.

»Heute sind hunderte Männer im Einsatz, Elenas. Mach dir keine Sorgen, es war nur ein böser Traum. Niemanden wird es gelingen, so nahe an uns heranzukommen, dass er uns verletzen könnte«, beschwichtigte er mich und gab mir einen Kuss auf die Stirn.

Aber das nagende Gefühl verschwand nicht.

Ein Klopfen an der Tür ließ mich zusammenfahren. Kurz darauf trat Tarsus in einem reich verzierten blau-goldenen Gewand über die Schwelle und streckte eine Hand nach mir aus. Ich ging auf ihn zu. Der bewundernde Blick, entging mir nicht. Als ich bei ihm ankam, legte ich meine Hand in seine. Er schluckte ein paar Mal, bevor er seine Lippen befeuchtete, um zu sprechen.

»Du bist die schönste Frau, die ich je gesehen habe. Es ist mir eine Ehre, dich zu meiner Königin zu machen. Die Königin meines Herzens bist du seit einer halben Ewigkeit, Elenas«, gestand er mit ernster Miene und hauchte einen Kuss auf meine Handinnenfläche.

Ein Räuspern erklang von der offenen Tür. Tarsus verdrehte lächelnd die Augen, als er meine Hand in seine Armbeuge legte und sich zur Tür drehte. Sein Heerführer stand mit verschränkten Armen und einem großmütigen Lächeln vor unserem Gemach, hinter ihm folgten Tarsus' Berater, deren Gesichter geheuchelte Freundlichkeit zeigten. Sie vertrauten mir nicht, was auf Gegenseitigkeit beruhte. Ich kannte sie aus der Zeit des verstorbenen Königs und traute ihnen nur soweit, wie ich sie werfen konnte. Tarsus schienen sie bislang gute Dienste geleistet zu haben, weshalb ich nicht unfreundlich oder abweisend zu ihnen war.

»Wollen wir, meine Königin?« Tarsus' Stimme holte mich aus meinen Gedanken und wir schritten los.

Die Zeremonie fand im Tempel des Palastes statt. Der Raum war bis zum Bersten mit Menschen gefüllt. Zu meiner Verwunderung entdeckte ich Audius neben Timor und Tribas. Alle drei waren in ihre besten Gewänder gekleidet und standen vorne in der ersten Reihe. Bei ihrem Anblick stiegen mir Tränen in die Augen, kurz darauf spürte ich, wie Tarsus meine Hand drückte.

Während die Hohepriester ihre Gebete rezitierten und ihre Stimmen von den turmhohen Wänden widerhallten, sah ich in Tarsus' Gesicht und erkannte, dass er Audius aus Nomlep hatte kommen lassen. Er hatte das getan, um mir eine Freude zu machen, erkannte ich an seiner fragenden Miene. Er wusste, wie viel mir meine Brüder bedeuteten, und seine Aufmerksamkeit ließ mich noch schändlicher fühlen. Während er alles tat, um mich glücklich und zufrieden zu wissen, überlegte ich, wie ich Dastan aus seiner Zelle verschwinden lassen konnte, ohne dass jemand seine Spuren nachverfolgen konnte. Selbst Dastan durfte nicht wissen, dass ich vorhatte ihn zu befreien, bis er weit genug vom Palast entfernt war, um dem frisch vermählten König nicht an die Gurgel springen zu können.

Wir sprachen unsere Eheversprechen und im nächsten Moment fand ich mich auf der Balustrade wieder, wo wir dem jubelnden Volk zuwinkten und Glückwünsche entgegennahmen.

Tarsus Berater und einige Soldaten hatten sich hinter uns versammelt. Ich bemerkte Shimon, der schräg neben Tarsus stand und ihn mit einem Grinsen ansah. Ich folgte seinem Blick zum König und bemerkte, wie glücklich Tarsus war. Er wollte diese Heirat wirklich.

Tarsus spürte meinen Blick und erwiderte ihn mit so viel Liebe und Wärme, dass ich zurücklächeln musste. Mit einem Ruck zog er mich an sich und küsste mich auf die Lippen. Das Jubeln der Menge wurde ohrenbetäubend, was mich auflachen ließ.

Plötzlich hörte ich ein Zischen, dann ging ein Ruck durch Tarsus. Ich riss die Augen auf und sah, wie der König nach hinten taumelte. Ein Pfeil ragte aus seinem Hals, Blut sickerte aus der Wunde. Ich stürzte nach vorne, um ihn aufzufangen, bevor er auf dem harten Marmorboden aufprallte. Mehrere Pfeile sausten an meinem Kopf vorbei und bohrten sich in das Holzgeländer hinter mir.

Panische Schreie und gebrüllte Befehle erfüllten die Luft und machten mich schwindlig.

»Schaff den König rein, schnell«, schrie ich Shimon zu, der sich über Tarsus geworfen hatte. Er hob Tarsus auf und trug ihn in den Raum, der zur Empore führte. Ein anderer Soldat gab mir Deckung, als ich ihnen folgte.

Die Flügeltüren wurden geschlossen, damit sich keine Geschosse hineinverirrten. Ich kniete mich neben Tarsus und sah mir die Wunde genauer an. Heißes Blut quoll daraus. Ich drückte meine Hand um die Austrittswunde.

Nein, bitte nicht die Halsschlagader!

Als ich zu Shimon sah, der leichenblass neben mir kniete, war der Raum bis auf wenige Männer bereits leergeräumt. Durch die geschlossene Tür hörte ich, wie jemand den Befehl schrie, die Tore des Palastes zu schließen, um den Angreifern den Fluchtweg zu versperren. Wenn sie nicht bereits entkommen sind, dachte ich bitter. Ich spürte, wie eine Hand meine von der Wunde wegzog, was mich hinunterblicken ließ. Mit verschwommenen Blick registrierte ich, dass es Tarsus' Hand war.

»Nein«, wisperte ich und versuchte, seine Hand abzuschütteln. »Lass das. Wir holen einen Heiler, damit er den Pfeil herauszieht. Bis dahin darfst du nicht so viel Blut verlieren«, mahnte ich aufgebracht und erkannte meine Stimme nicht wieder. Sie war zu schrill, zu panisch. Tarsus legte eine Hand auf meine und die andere auf Shimons Knie.

»Elenas wird herrschen. Du wirst ihre rechte Hand sein«, flüsterte er mühsam und rang nach Atem.

Ich drückte seine Hand, um seine Aufmerksamkeit auf mich zu lenken. »Hör auf, Tarsus, das ist nicht die richtige Zeit dafür. Wir müssen deine Wunden versorgen und …« Nun war er es, der meine Hand drückte und mir damit das Wort abschnitt.

»Zu spät für mich«, presste er hervor und sah mich mit einem bekümmerten Blick an. »Es hätte gut werden können mit uns.« Einer seiner ältesten Berater, kniete sich auf die andere Seite. Bei seinen endgültigen Worten liefen mir die Tränen über die Wangen.

»Kämpfe für unser Volk, Elenas« röchelte er, dann begann sein Körper, unkontrolliert zu zittern.

Ich hielt seinen Kopf fest und drücke mein Mund an sein Ohr. »Darauf kannst du dich verlassen. Ich werde kämpfen und gewinnen, für dich und Atamara. Ich schwöre es, Tarsus«, versprach ich. Sein Zittern hörte augenblicklich auf. Als ich ihm ins Gesicht sah, waren seine Augen leblos.

„Wird Tapferkeit nur Siegern zuteil?"

Elenas

Das Klirren von Ketten hallte vom Gang in den leeren Hauptsaal. Ich saß auf dem Thron und wartete mit Shimon an meiner Seite auf Dastans Erscheinen. Ich hatte befohlen, ihn aus dem Kerker zu holen, um ihn zu verhören. Shimon konnte es kaum erwarten, aus dem Gefangenen Namen und Aufenthaltsort des Angreifers oder der Angreifer zu erfahren.

Obwohl ich versucht hatte, ihm verständlich zu machen, dass ich Dastan kannte und nicht glaubte, dass er etwas mit Tarsus Ermordung zu tun hatte. Trotzdem bestand er darauf, bei der Vernehmung dabei zu sein. Ich hoffte, das Dastan tatsächlich nichts damit zu tun hatte – um seinetwillen.

Dummerweise stand Shimon nicht allein da mit seiner Meinung über Dastan. Viele Krieger teilten seine Gedanken. Ich musste den Argwohn, den sie gegen den ehemaligen Heerführer Zarraniens hegten, aus der Welt schaffen. Wenn ich ihm nicht die Gelegenheit einräumte seine Unschuld zu beweisen, musste ich mit Handgreiflichkeiten oder gar mit Dastans Tod rechnen. Ein heftiger Schmerz in meiner Wirbelsäule ließ mich zusammenzucken. Er schoss durch meine Beine bis in die Zehen. Mit geschlossen Augen und zusammengepressten Lippen beugte ich mich auf dem Thron vor und versuchte den Schmerz, durch reine Willenskraft zurückzudrängen.

»Eure Hoheit, wollt Ihr Euch hinlegen? Ihr seid aschfahl im Gesicht«, hörte ich Shimons besorgt an meinem Ohr flüstern.

Nichts würde ich in diesem Moment lieber tun, dachte ich, sprach die Worte aber nicht aus. Mir fehlte schlicht die Luft dazu. Mit der anstehenden Geburt lief mir die Zeit davon, weshalb ich die Befragung nicht verschieben konnte.

Die Schmerzwelle verschwand so schnell wie sie gekommen war und ich nahm einen tiefen Atemzug. Erleichtert lehnte ich mich zurück.

»Es ist in Ordnung, Shimon. Ich werde heute Abend früher schlafen gehen, das wird genügen müss-« Ich hatte den Satz noch nicht zu Ende gesprochen, als Dastan unter dem Torbogen zum Saal erschien. Er wurde von einer Eskorte begleitet, was mich fast zum Schmunzeln gebracht hätte, wäre diese Situation nicht so verdammt ernst gewesen.

Nachdem er es am Tag meiner Hochzeit geschafft hatte, die Kerkerwachen zu überwältigen und in den Hauptsaal zu gelangen, gingen sie kein Risiko mehr ein. Laut des diensthabenden Oberhaupts der Palastwache hatte es ein Dutzend Mann gebraucht, um Dastan zu überwältigen.

Ich winkte ihn in die Mitte des Saals und beobachtete seine anmutigen Bewegungen. Obwohl er seit Tagen im Kerker saß und er alles andere als sauber aussah, schmälerte das derangierte Erscheinungsbild seine Präsenz nicht. Seine Haare waren mit einem dünnen Lederband zusammengebunden, wobei sich einige Strähnen gelöst hatten und ihm ein etwas wildes Aussehen verliehen. Seine Muskeln wölbten sich unter dem dreckigen und rissigen Hemd. Die Beinlinge lagen eng an seinen muskulösen Schenkeln und seine Körperhaltung war mehr als angespannt. Unwillig glitt ein Lächeln über meine Lippen, was ihm nicht entging.

»Verratet, was Euch amüsiert, Hoheit, dann können wir vielleicht gemeinsam darüber lachen«, höhnte er. Einer der Wachen versetzte ihm einen harten Stoß. Erst jetzt, wo er nahe vor mir stand, bemerkte ich den Riss in seiner Lippe und die blauen Flecken auf seinem Gesicht. Mein Lächeln verblasste. Obwohl er die Verletzungen sich selbst zuzuschreiben hatte, weil er getürmt war, tat er mir leid.

»Ich habe mich eben an unsere erste Begegnung erinnert, Feldherr. Wart ihr damals nicht in einer ähnlichen Situation? Völlig verdreckt, gefangen und der Gnade anderer ausgeliefert?«

Dastan starrte mich an, ohne zu antworten, aber das musste er auch nicht. Ich las die Erwiderung in seinen Augen. Damals war er freiwillig in mein Lager gekommen. Hätte er es nicht gewollt, hätten wir ihn nie gefangen nehmen können. Dass er das nicht ansprach, rechnete ich ihm hoch an. Zumal Dastan niemand war, der auf den Mund gefallen war.

»Die Zeit deines Erscheinens im Palast ist mehr als verdächtig. Hast du uns etwas mitzuteilen?«, verlangte ich zu wissen und legte meinen Kopf schief, um ihn genauer zu beobachten. »Vielleicht möchtest du uns verraten, wer den König ermordet hat?«

Er zog nonchalant eine Braue hoch.

»Dass ich das weiß, glaubst du selbst nicht. Aber wenn du es unbedingt aus meinem Mund hören willst: Ich kenne den Mörder oder die Mörder nicht – genauso wenig den Auftraggeber. Und wenn ich schon so ehrlich bin, solltest du auch wissen, dass es mir scheißegal ist, wer dahinter steckt.« Die Wache hinter ihm trat ihm in die Kniekehle. Dastan verlor das Gleichgewicht und fiel zu Boden.

»Du verdammter Bastard! Halt gefälligst dein Maul!«, knurrte Shimon. Seine Worte hallten im großen Saal überlaut von den hoch gewölbten Decken wider.

Beruhigend legte ich eine Hand auf seine, gleichzeitig warf ich Dastan einen mahnenden Blick zu, den er zu verstehen schien. Er zügelte seine Wut, indem er einige tiefe Atemzüge nahm und augenscheinlich seine Gedanken sortierte. Ein konzentrierter Ausdruck trat in sein Gesicht.

»Ich weiß, dass der Zeitpunkt meines Erscheinens hier mehr als ungünstig ist. Dennoch, ich habe nichts mit dem Angriff auf Tarsus zu tun. Und bevor du deine nächste Frage stellst, möchte ich sie dir beantworten: Es gibt jemanden, dem ich diese Art von Auftragsmord zutrauen würde. Und das ist Beytaht. Er hat ausgebildete Assassinen und genug Mittel, um sie mit allem auszustatten, was sie brauchen. Weshalb ich hergekommen bin, weißt du, Elenas.«

Ein lauter Tumult vor den Saaltüren erregte meine Aufmerksamkeit.

»Was zum Teufel ist da draußen los?«, fragte ich Shimon.

In dem Moment öffneten sich die Flügeltüren und einige Palastwachen marschierten mit zwei Männern in ihrer Mitte auf uns zu. Die gezogenen Schwerter sollten wohl die Fremden in Schach halten, allerdings schienen die nicht wirklich auf Radau aus zu sein. Ihr Gang war entspannt auch schienen sie keine Waffen zu tragen. Die Gruppe blieb vor mir stehen. Dastan stand auf und trat beiseite um den Männern Platz zu machen.

»Eure Hoheit, verzeiht die Störung«, entschuldigte sich die vorderste Wache ehrerbietig und verneigte sich. »Diese Männer bestanden darauf, Euch zu sehen. Sie sagten, ihre Berichte seien für das atamarische Reich von höchster Bedeutung. Sie sagten auch, sie würden Euch kennen.« Das Misstrauen war ihm deutlich anzuhören. Dennoch traten er und seine Kumpanen zur Seite und ich erhaschte einen Blick auf die beiden Fremden.

Ungläubig starrte ich sie an und konnte meine Freudentränen kaum zurückhalten. Wackelig kam ich auf die Füße und stürmte auf Santyx zu. Erschrocken warfen sich die Wachen zu Seite als ich so unvermittelt losrannte. Santyx hingegen schien nicht überrascht zu sein. Mit einem breiten Lächeln schloss er mich in seine Arme.

»Himmel, Santyx, das wurde aber auch Zeit!«, flüsterte ich erstickt.

Er lachte und umarmte mich so fest, dass es fast wehtat. Als ich an seiner Schulter vorbei sah, blickte ich in ein Paar bekannter Rehaugen mit langen dichten Wimpern.

»Oh Maya!«, rief ich erstaunt und schlang einen Arm um ihren zierlichen Oberkörper. Weil sie hinter den Männern gegangen war, hatte ich sie zunächst nicht gesehen.

»Herrin, schön Euch zu sehen. Ihr seid … Nun, ich wusste nicht … Santyx hat nicht gesagt …«, stotterte sie verdattert und sah auf meinen Bauch. Ich schmunzelte, was sie erwiderte.

Fast hätte ich den anderen Krieger vergessen. Mit einem Grinsen, wandte ich mich an Templon und umarmte auch ihn. Vor Überraschung versteifte er sich, aber dann legte er seine riesigen Pranken auf meinen Rücken und erwiderte meine Zuneigung.

»Schön auch Euch zu sehen, Heerfüh- Hoheit«, korrigierte er sich, doch ich winkte ab.

»Nenn mich Elenas. Für das Hoheitsgetue kennen wir uns zu gut«, entgegnete ich noch immer lächelnd und fing Dastans mörderischen Blick auf, der auf meiner Hand fixiert zu sein schien, die noch auf Santyx Arm ruhte. Er hatte Santyx noch nie gemocht.

Ich bat Shimon mit einer einladenden Geste, zu mir zu kommen. »Shimon, das hier ist Santyx. Wir haben lange zusammen im ashkanischen Heer gedient. Es gibt kaum etwas, das wir füreinander nicht tun würden. Er ist mein engster und loyalster Verbündeter.«

Die Männer nickten sich zu, wobei ich nicht umhin kam zu bemerken, wie sich Santyx' Brust vor Stolz wölbte.

»Das hier ist Templon«, fuhr ich fort. »Er führte die Elitetruppe in der Hauptstadt Yophillis an, die die Aufgabe hatte, den König zu beschützen. Ich vertraue ihm nicht weniger als Santyx.« Ich wandte mich an Maya. »Und das ist Maya, Santyx' Verlobte«, stellte ich sie vor, woraufhin Santyx den Kopf schüttelte.

»Nicht ganz. Sie ist jetzt meine Frau, Elenas. Wir haben in Yophillis geheiratet«, korrigierte er mich, woraufhin ich lachend nickte.

»Du hast dir meinen Rat also zu Herzen genommen. Ich wünsche euch beiden nur das Beste«, gratulierte ich ihnen. Anschließend legte ich Shimon eine Hand auf die Schulter. »Das hier ist Shimon, meine rechte Hand in allen Belangen des Königreiches«, stellte ich meinen großen Krieger vor und drückte seine Schulter. »Ich schätze Shimon nicht nur, weil er meine rechte Hand ist, sondern sehe ihn auch als meinen Freund. Sein Wort hat Gewicht. Da ich Tarsus' Urteilsvermögen während meinen Besuchen als Heerführerin zu schätzen gelernt habe, tue ich es ebenfalls. Ich vertraue ihm und ihr könnt es auch.«

Respektvoll nickten sie wieder einander zu.

»Elenas, wir haben dir wichtige Neuigkeiten mitgebracht«, sagte Santyx nach einem Moment und wischte mit seinem ernsten Ton meine gute Laune fort.

Ich nickte und zeigte auf die Tafel, damit sie sich setzten konnten.

„Die Hoffnung ist nicht immer erfüllbar."

Dastan

Alle nahmen an der Tafel Platz, nur ich stand weiter wie vergessen vor dem Thron. Elenas rief eine Magd zu sich und orderte Speis und Trank an. Ihr Blick fiel auf mich.

»Hast du heute schon gegessen?«, fragte sie und als ich den Kopf schüttelte, zeigte sie auf einen Platz am Ende der Tafel.

»Seid Ihr Euch sicher, dass ihr ihn bei dem Gespräch dabei haben wollt? Wir müssen immer noch davon ausgehen, dass er etwas mit dem Mord an unserem König zu tun hat«, wand Shimon ein. Seine Stimme wurde leiser je weiter ich mich entfernte. Elenas erwiderte etwas, kurz darauf setzte sie sich an die Spitze der Tafel. Unter den missbilligenden Blicken aller Anwesenden nahm ich auf dem angebotenen Stuhl Platz. Santyx betrachtete mich abschätzig. Ich hasste ihn genauso sehr wie am ersten Tag.

Als die Krüge gefüllt und die Speiseplatten voller Gemüse und Fleisch abgestellt worden waren, begann Santyx zu erzählen.

»Tarsus hat alle Informationen, die du auf der Karte verewigt hast, vor einigen Wochen an den König von Japre geschickt. So kam es, dass Beytahts Heer, das bereits fertig aufgestellt war, Atamaras Grenze nicht überqueren konnte. Aber wie es genau dazu kam, muss dir Templon erzählen, immerhin war er selbst dabei.« Santyx grinste und klopfte seinem Sitznachbarn wohlwollend auf die Schulter.

»Ich bin nach dem Fall von Yophillis, mit einigen Männern in Japre untergekommen«, nahm der frühere Elitetruppenführer den Faden auf. »Japres König gewährte uns Unterschlupf. Als die Nachricht von König Tarsus eintraf, ließ er mich zu sich rufen. Er fragte, ob die Informationen, die er erhalten hat, stimmen konnten. Mein Gesicht beantwortete wohl seine Frage, denn kurz darauf ließ er eine Eskorte aufstellen und wir ritten nach Naphal. Während die Herrscher der Reiche Naphal, Namiris und Japre zusammenkamen, um die neuesten Geschehnisse zu besprechen, wich ich Japres Herrscher nicht von der Seite. Sie kamen nicht nur zu dem Entschluss, sich zu Atamara zu bekennen, sondern wollen mit den verfügbaren Geheimnissen auch dafür zu sorgen, das Bündnis zwischen Caledonia, Anthimus und Beytaht zu unterbinden.« Er holte Luft. »Sie schickten den beiden Ländern einen Boten mit einem Schreiben, in dem sie bereits einige kleine Geheimnisse preisgaben. Wenn man in Erfahrung bringen wollte, was die Herrscher noch alles über Kathera und Lapytania wussten, sollte man sich schleunigst auf den Weg machen, ohne dass Beytaht Wind davon bekam.« Elenas früherer Eliteführer grinste. Seine Augen funkelten nun. »Als alle fünf Herrscher an einem Tisch saßen, wurde König Shahmey besonders deutlich. Er hat jede Schwachstelle der Reiche Kathera und Lapytania einzeln aufgezählt. Katheras Königin ist fast vom Stuhl gekippt als alle Schwachpunkte ihres Heeres schonungslos offen gelegt wurden.« Templon lachte und warf Santyx einen feixenden Blick zu. Dieser allerdings beachtete ihn nicht, sondern sah stattdessen bewundernd zu Elenas, die ohne eine Regung Templon zuhörte. Er lobte sie für ihren Entschluss, die brisanten Informationen Atamaras König gereicht zu haben. An seinen schmachtenden Blicken hatte sich nichts geändert.

Templon ergriff erneut das Wort. »Beytaht konnte nicht so schnell schauen, wie Caledonia und Anthimus ihre Krieger zurückzogen und von weiteren Zusammenkünften Abstand nahmen.«

Während Templon redete, starrte ich Elenas an. Als sie meinen Blick auffing, legte sie fragend den Kopf schief. Ich zuckte nur mit den Schultern und sah sie weiter an.

»Der Anschlag auf Tarsus war ein Vergeltungsschlag, Elenas«, mischte sich Santyx wieder ein und lenkte damit ihre Aufmerksamkeit auf sich. »Beytaht steht wegen Atamaras König wie ein Schwächling da. Ihm droht nun alles zu entgleiten, was seins ist und das, was er sich angeeignet hat: Ashkolon!«

Ich verstand Beytahts Gedankengang. Er hatte Ashkolon unterjocht und damit etwas geschafft, das kein Herrscher vor ihm vollbracht hat. Er hat sich ein paar starke Allianzen geschaffen – mit welchen Versprechungen auch immer –, doch kaum erhält er die Möglichkeit, ein weiteres Reich einzunehmen, steht er von einem Moment auf den anderen alleine da. Wie groß musste seine Enttäuschung gewesen sein, als er sich eingestehen musste, dass er den Traum von einem Großreich nicht realisieren konnte?

»Damit ist nicht nur Zarranien angreifbar, sondern auch Ashkolon«, fährt Templon aufgeregt fort. »Jetzt wo Beytahts Allianzen aufgelöst wurden, ist eine Zurückeroberung Ashkolons keine Unmöglichkeit mehr. Wir könnten es wirklich schaffen, Elenas!« Templons Zuversicht steckte Santyx an und er pflichtete seinem Freund bei.

Es wäre tatsächlich nicht schwierig, Ashkolon zurückzuerobern, allerdings besaß Atamara kein kampferprobtes Heer, was die Sache nicht so einfach machte, wie wohl alle glauben wollten. Zudem hatte Elenas im Augenblick genug andere Dinge zu tun, als eine Schlacht gegen Beytaht zu planen. Voranging musste sie Tarsus' Mörder finden und zur Strecke bringen.

Bei einem Gespräch der Wachen hatte ich mitangehört, dass die besten Fährtenleser des Landes den Mördern dicht auf den Fersen waren. Sie waren guter Hoffnung, dass die Täter bis morgen Mittag am Strick baumeln würden.

Ich sah, wie Elenas tief Luft holte und zu Shimon aufsah. Der hatte die ganze Zeit schweigend neben ihr gestanden und zugehört.

»Das bereden wir später. Zunächst müssen wir unseren König bestatten«, sagte sie an ihre eigenen Männer gewandt und erhob sich sichtlich mühsam. Shimon bot ihr einen Arm an. »Wir haben einiges zu organisieren Shimon, lass uns gleich anfangen.« Sie wandte sich ab um den Saal zu verlassen, aber nicht ohne die Bediensteten anzuweisen, Gästezimmer für die Besucher vorzubereiten.

Shimon hielt sie noch einmal auf. »Was ist mit dem Gefangenen, Eure Hoheit?«

Sie sah in meine Richtung.

»Weist auch ihm ein Gästezimmer zu und stellt zwei Wachen vor seiner Tür ab«, entgegnete sie und ging.

„Sei vorbereitet auf die Zukunft."

Elenas

Als König stand Tarsus eine öffentliche Bestattung zu, umringt von seinem Volk und seinen treuen Kriegern. Aus diesem Grund hatten tausende Menschen trotz der eisigen Kälte den Weg zum Palast in Kauf genommen und umringten nun ihren toten König, um Abschied zu nehmen.

In Atamara war es üblich, Bestattungen nur zu vollziehen, solange es noch hell war. Die Nacht gehörte den Verstorbenen. Das hatte mir jedenfalls Shimon erklärt. Da ich niemanden brüskieren wollte, indem ich neue Gebräuche einführte, legte ich die Totenzeremonie auf die Mittagszeit. Alle verfügbaren Männer waren in und um den Palast im Dienst. Obwohl ich an so einem Tag den Untertanen keine Arbeit aufbürden wollte, konnte ich einen erneuten Überraschungsangriff nicht riskieren. Das Volk würde in Panik geraten und es würde den Anschein erwecken, dass wir die Menschen in unseren eigenen Mauern nicht schützen konnten. Bei den Kriegern würde sich Resignation und Missmut verbreiten, was ich ebenfalls nicht gebrauchen konnte.

Ein eisiger Wind fegte Schnee über den Palasthof, in den sich viele der Dörfler gezwängt hatten. Die meisten hatten jedoch keinen Platz bekommen, weshalb die Menschenschlange bis in die nächste Stadt führte. Die Zinnen, die hängenden Gärten und sogar die Dächer waren voller Menschen, die ihrem König den letzten Respekt erweisen wollten.

In der ersten Reihe standen Shimon und seine engsten Männer. Auch Dastans Freunde Useyn, Shiman und Haatif waren gekommen. Allerdings wollten sie wohl nur sehen, wo Dastan abgeblieben war, und nicht der Beerdigung beiwohnen. Jetzt standen sie neben Dastan, wobei mir auffiel, dass Shimon dicht neben Useyn stand und sie sich unterhielten. Mein Heerführer war sehr verwundert gewesen als er unter Dastans angereisten Freunden Useyn wiedererkannte. Laut Shimon, hatten sich die beiden bei einem früheren Besuch von Dastan im Palast angefreundet. Ich aber hatte das Gefühl, dass sie mehr waren als Freunde.

Der Platz um die Bahre herum wurde freigehalten, sodass die drei Hohepriester genug Freiraum hatten, den Leichnam mit besprochenem Wasser zu bespritzen und unaufhörlich Gebete zu rezitieren. In einem gleichmäßigen Singsang hallten ihre tiefen Stimmen von den hohen Palastwänden wieder und erzeugten vermutlich nicht nur bei mir eine Gänsehaut.

Sobald die Priester fertig waren, stellten sie sich vor mich und neigten ihre Häupter. Ich nickte ihnen zu und stellte mich vor dem Leichnam, der auf einer steinernen Bahre, gesalbt und in ein weißes Tuch gehüllt, dalag. Als Gemahlin des Königs standen mir ein paar Abschiedsworte zu.

Ich drehte mich um und sah mein Volk an. Ich zwang mich zu einem Lächeln, obwohl mir zum Weinen zumute war.

Einige verdreckte Kindergesichter lugten zwischen den dicken Wolltüchern hervor, die ihre Mütter ihnen um Hals und Kopf geschlungen hatten, um sie vor der Kälte zu schützen. Ihre Mäntel und Schuhe waren rissig, ihre Haare teilweise verfilzt, aber ihre Augen gaben mir Hoffnung. Atamara hatte fruchtbares Land, mutige und fleißige Männer. Nur wenige Menschen litten an Armut und es gab viele Kinder. Dieses Land hatte Potenzial, um noch stärker und größer zu werden, als es ohnehin schon war. Wenn wir uns erstmal gegen Beytaht durchgesetzt hatten, würde das Erblühen beginnen.

»Lasst eure Kinder zu mir kommen«, rief ich einer Gruppe Frauen zu, die sich daraufhin verwunderte Blicke zuwarfen. »Los, nur zu, habt keine Scheu«, rief ich und streckte meine Hände nach den Kindern aus, die bereits versuchten, sich durch die Masse der Leute durchzuschieben. »Alle Kinder. Ich möchte alle Kinder Atamaras auf dem Platz sehen«, schrie ich, während mich bereits die ersten Kinder erreichten.

Ich drückte sie an mich und wartete, bis kein Fleck mehr auf dem leeren Hofplatz frei war. Dann sah ich in die erwartungsvollen Gesichter meines Volkes.

»Sie sind Atamaras Zukunft. Jedes einzelne Kind war der Stolz und die Hoffnung unseres Königs. Je besser die Bildung und die Lebensumstände der Kinder sind, desto bessere Menschen werden aus ihnen. Gute Menschen – das war Tarsus' Ansicht. Und um mit gutem Beispiel voranzugehen, hat er keine Kosten und Mühen gescheut, seine Vorstellungen in die Tat umzusetzen und aus diesem Land das zu machen, was es heute ist.«

Ich strich einem Jungen, der lächelnd zu mir hochsah, über den Kopf. Diese Kinder gaben mir nicht nur Mut und Hoffnung, sondern auch Trost.

Ein warmes Gefühl nistete sich in meiner Brust ein, als ich an Tarsus dachte, der stets versucht hatte, seinem Volk nahe zu sein. Ich würde in seine Fußstapfen treten und es ihm gleichtun. Ich wollte die Herrscherin sein, die er sich gewünscht hatte. Das war ich ihm und diesen wundervollen Menschen schuldig.

»Wir mögen uns noch Fremd sein«, fuhr ich fort, während ich die hoffnungsvollen Gesichter ansah. »Euer Argwohn mir gegenüber mag mehr als berechtigt sein. Ihr kennt mich nur von Hörensagen, davon ist sicher das Wenigste freundlicher Natur. Aber ich werde euch beweisen, dass ihr auf mich zählen könnt. Ich werde genau an der Stelle anknüpfen, an der Tarsus hatte aufhören müssen.« Ich bückte mich zu dem Jungen und gab ihm einen Kuss auf den Kopf. »Ich habe unserem König ein Versprechen gegeben und das werde ich halten. Solange noch ein Funke Leben in meinem Körper ist, werde ich alles in meiner Macht Stehende tun, um diesem Versprechen gerecht zu werden.«

Eine Woche nach Tarsus' Beerdigung traf ich die Entscheidung, endlich mit Dastan zu reden. Er war zwar nicht mehr im Kerker eingesperrt, dennoch durfte er sich nicht frei im Palast bewegen. Zu jeder Zeit stand eine Wache vor seinem Gemach und folgte ihm auf dem Fuße, wenn er es einmal verließ.

In den letzten Tagen waren meine Gedanken immer wieder zu ihm geglitten. Er konnte nicht bleiben. Jedes Mal, wenn ich ihn sah, erinnerte ich mich an eine Zeit, als meine Welt noch in Ordnung war. Bevor er mich verraten hatte und ein ganzes Land daraufhin unterjocht wurde. Bevor tausende Männer ihr Leben ließen und ihre Familien mich in die Hölle verdammten.

Ich erinnerte mich an unsere Begegnung in der Scheune, deren Hitze ich noch heute spüren konnte. Oder an unseren Wettkampf im Hauptlager, den ich dank einer List gewonnen hatte. Auch hatte ich nicht vergessen, wie er sich tagelang um mich gekümmert hatte, nachdem mich vergiftete Pfeile getroffen hatten und ich im Fieber lag. Es kam mir so vor, als wären diese Erinnerungen aus einem anderen Leben. Einem Leben, das so verdammt lange zurück lag, dass ich mir nicht sicher war, ob es meines war.

Ich schob das letzte Schriftstück auf dem Arbeitspult beiseite, an dem ich seit dem späten Nachmittag saß und die Belange des Königreichs bearbeite. Der Einstieg in Tarsus' Korrespondenz hatte sich erfreulicherweise leichter gestaltet als befürchtet. Er war ein ordentlicher und gewissenhafter Herrscher gewesen, der sein Handwerk gut verstanden hatte. Zum Glück unterschieden sich Tarsus' Aufgaben nicht sonderlich von denen, die ich einst für Xenex und das Hauptlager zu verrichten hatte.

Meine Gedanken kehrten zu Dastan zurück. Ich seufzte auf. Länger wollte ich das anstehende Gespräch nicht hinauszögern und verließ den Raum.

„Du kannst so viele Flügel haben wie du willst.
Wenn du nicht fliegen kannst...“

Dastan

Der grobschlächtige Berater der Königin hatte mir aufgetragen, in den obersten Garten zu gehen und dort auf Elenas zu warten. Sie wolle mit mir reden, was ich durchaus begrüßte. Die beiden Wachmänner, die mich bis zum Gartentor begleitet hatten, machten kehrt und gingen zurück in den Palast. Ich schlenderte durch die Anlage.

Bereits seit einigen Tagen hatte ich das Gefühl, dass sie mir aus dem Weg ging, weshalb es eine Erleichterung war, sie jetzt sehen zu können. Vielleicht war das ein dummer Gedanke in Anbetracht der Aufgaben, die Elenas als alleinige Herrscherin zu bewältigen hatte, aber ich wurde das Gefühl nicht los, dass sie auf Distanz bleiben wollte. Und da meine Freunde nach Tarsus' Bestattung zurück nach Nomlep gereist waren, hatte ich genug Zeit, um ihre Handlungen genauer unter die Lupe zu nehmen. Sie aß nicht mehr im Hauptsaal, sondern holte sich das Essen in der Küche ab, um damit im Arbeitszimmer zu verschwinden. Wenn ich ihr im Flur begegnete, bog sie abrupt in einen anderen Gang ab oder nahm die Treppe. Manchmal wendete sie schnell das Gesicht ab, wenn ich ihren Blick auffing. Diese Handlungen bestärkten mich in meiner Annahme.

Die Stiele der zarten Pflanzen bogen sich vor Nässe in alle Richtungen. Der Schnee war geschmolzen und hatte alles Grün mit Feuchtigkeit benetzt. Ich schlenderte an robusten Kletterpflanzen und ungewöhnlich kleinen Bäumen vorbei, die aus fernen Ländern stammen mussten. Sie hatten winzige herzförmige Blätter und waren nicht länger als eine Elle groß. Solche Arten hatte ich auf diesem Kontinent noch nie gesehen.

In diesem Garten wurden auch die eigenartigen Tieren gehalten, die man vom höchsten Punkt des Pfades erblicken konnte, der zum Palast führte. Seit dem Wintereinbruch wurden die Tiere in einem geschlossenen Bereich untergebracht, weshalb es sehr still war.

Ich hielt mich schon eine ganze Weile draußen auf, was mich langsam zu der Annahme brachte, dass Elenas vielleicht das Gespräch vergessen hatte. Ich hatte den Gedanken kaum zu Ende gedacht, als leise Schritte hinter mir erklangen.

Ich blickte über meine Schulter und sah Elenas in einem dunkelgrünen Umhang gehüllt, auf mich zukommen. Die Farbe stand ihr gut. Eigentlich sah sie in allem wunderschön aus, vermutlich sogar in einem groben Leinensack.

Sie zeigte auf eine Holzbank, die sich dicht am Rand der Terrasse befand.

»Stehen fällt mir zurzeit schwer«, meinte sie etwas außer Atem und schlenderte an mir vorbei.

Ihr Bauch war riesig und es erfüllte mich mit unsagbarem Stolz, dass ich dafür verantwortlich war. Sie würde in wenigen Wochen unser Kind zur Welt bringen und einen neuen Lebensabschnitt für uns einleiten. Ich beobachtete ihren geraden Rücken und den leichten Hüftschwung und wunderte mich insgeheim, weil ihre Bewegungen nichts an ihrer Anmut eingebüßt hatten.

Als sie bemerkte, dass ich nicht neben ihr lief, blieb sie stehen und wandte sich um. »Was ist?«, wollte sie wissen.

Ich zuckte die Schulter, als ich mich in Bewegung setzte. »Es ist eine ganze Weile her, seit wir unter vier Augen miteinander reden konnten.« Ich musterte sie von der Seite, während wir nebeneinander zur Bank gingen.

Sie schwieg.

»Hast du dich endlich entschieden, nicht mehr vor mir wegzulaufen?«, neckte ich sie, worauf sie schnaubte.

»Dir ist wohl nicht der Gedanke gekommen, dass ich eventuell viel zu tun haben könnte?«, entgegnete sie schnippisch und warf mir einen genervten Blick zu.

Sie konnte mich nicht täuschen. Die leichte Röte, die von ihrem Hals aufwärts kroch, verriet sie. Also hatte ich recht damit, dass sie mir aus dem Weg ging.

»Tatsächlich kam mir dieser Gedanke, aber …« Ich ergriff ihren Oberarm, damit sie stehen blieb. »Ich wusste, dass das nicht der Grund ist, weshalb du mich meidest. Was also ist geschehen, Grünauge?«, verlangte ich zu wissen und strich ihr eine verirrte Strähne hinters Ohr.

Wir standen so dicht beieinander, dass sich unsere Oberkörper berührten. Schmerz flackerte in ihren Augen auf, im nächsten Moment verschwand die Emotion aus ihrem Blick.

Sie räusperte sich, ging zur Bank und setzte sich. Widerwillig gesellte ich mich zu ihr. Schweigend sahen wir hinunter auf die riesige Hauptstadt, die mit dem bloßen Auge kaum zu erfassen war. Die meisten Hütten waren weiß, nur die Bewohner, die es sich leisten konnten, ließen ihre Häuser in bunten Farben streichen. Rote, Grüne und blaue Hütten stachen deshalb stark hervor. Die Farbe für die Fassade wurde aus Pflanzen gewonnen, das hatte ich bereits in Trakesh gesehen.

»Du bist kein Gefangener mehr. Es steht dir frei zu gehen, wohin du willst«, flüsterte Elenas in die Stille hinein und unterbrach meine Gedanken.

Ich sah weiter über die Dächer während ihre Worte in mein Herz sickerten. Sie schien zu denken, dass es mir leichtfiel, mich umzudrehen und zu gehen, obwohl ein Teil meines Herzens zurückblieb. Sie verstand nicht, wie sehr ich sie liebte. Wie sehr ich dieses Kind wollte!

»Ich habe das Gefühl, ein ganzes Leben ist an mir vorbeigezogen, seit ich dich in meinem Lager von deinen Männern habe wegbringen lassen«, gestand ich leise und fuhr mir mit einer Hand durch das Haar. »Ich hätte mir das Leben genommen, wäre ich mir sicher gewesen, bei dir sein zu können. Ich hätte meine Seele an den Teufel verkauft, wenn ich dich dann bei mir hätte haben können.« Diese Gedanken waren mir damals nicht nur einmal durch den Kopf gegangen. Ich spürte ihren Blick auf mir. »Ich hätte alles getan, Elenas, alles, um bei dir zu sein. Und jetzt sagst du mir, ich könne einfach gehen?« Ich lachte bitter und drehte mich zu ihr. »Ich soll gehen, obwohl ich nur an deiner Seite sein möchte?«

»Ich kann nicht weitermachen, als wäre nichts geschehen«, flüsterte sie tonlos. »Es ist zu viel passiert.«

»Das verlange ich auch nicht von dir.« Ich griff nach ihrer Hand und war froh, als sie sie nicht zurückzog. »Ich bitte dich nur um eine Chance. Ich will die Gelegenheit bekommen, dir zu beweisen, wie wichtig ihr, du und unser Kind, mir seid. Außerdem möchte ich sehen, wie er auf die Welt kommt, wie er seinen ersten Atemzug macht. Ich möchte wissen, welche Augenfarbe er hat. Ich will dabei sein, wenn er seinen ersten Zahn bekommt, wie er das erste Mal lächelt. Ich will nichts von meinem Kind verpassen.« Meine Stimme verlor sich.

»Er?« fragte sie stirnrunzelnd und ich zuckte die Schultern.

»Ich denke, es wird ein Junge«, erwiderte ich und lächelte leicht. Es gab noch so viel mehr, was ich ihr sagen wollte, aber lieber für mich behielt. Das waren Wünsche, die weit in der Zukunft lagen.

Ich wollte ein fester Bestandteil ihres Lebens sein.

Elenas sah mich eine Weile lang an und nickte dann. »Es ist auch dein Kind, Dastan, und ich würde es dir nie vorenthalten, wenn die Umstände mich dazu nicht zwingen. In diesem Fall bleibe, so lange du willst. Ich werde die Wache vor deinem Zimmer abziehen, damit du dich freier bewegen kannst. Aber halt dich von Shimon fern, er ist nicht gerade gut auf dich zu sprechen.«

Sie zog ihre Hand aus meiner und stand auf.

»Ach ja, bevor ich es vergesse.« Sie hielt inne und drehte sich noch einmal zu mir um. »Tue mir bitte einen Gefallen: Lass die Mägde nicht allzu sehr erröten, wenn du sie anlächelst und deinen Charme spielen lässt. Sie sollen mir noch eine Weile erhalten bleiben.« Damit ging sie.

Es ist ihr also aufgefallen, bemerkte ich verwundert aber durchaus zu-frieden. Das bedeutete, sie beobachtete mich obwohl sie so tat als ignorierte sie mich. In den letzten Tagen hatte ich registriert, wie einige der jungen Mägde in meiner Nähe kicherten und miteinander tuschelten. Als mir die Kälte in die Knochen sickerte, bemerkte ich, dass ich schon eine Weile dümmlich vor mich hin grinste.

„Unterschätze nicht die Wirkung der Freundlichkeit."

Elenas

Ich hätte ihm nicht so viele Freiheiten einräumen sollen, dachte ich zum gefühlt hundertsten Mal und schüttelte über mich den Kopf.

Vom Fenster meines Arbeitszimmers aus beobachtete ich Dastan dabei, wie er mit freiem Oberkörper einen Schwerthieb seines Angreifers abwehrte. Nach einer halben Drehung schlug er zu. Die Palastwache, mit der Dastan trainierte, hatte sichtlich Mühe, die schnellen Hiebe zu parieren. Er stolperte nach hinten stolperte und landete auf seinem Allerwertesten. Dastan lachte und bot seinem Gegner die Hand, um ihm aufzuhelfen.

Was hätte ich tun sollen, damit er nicht stets in meiner Nähe war, wenn ich mich umdrehte? Dastan einsperren, so lange er im Palast weilte, kam nicht infrage. Freiheit war ein kostbares Gut. Ich würde es niemals wieder als selbstverständlich ansehen, Menschen einzusperren und sie als Sklaven zu halten.

Er hatte geschworen, nichts mit der Ermordung des Königs zu tun zu haben, und ich glaubte ihm. Es gab somit keinen Grund, ihn in Ketten zu legen, wenn er nichts anderes tat, als an den täglichen Kampfübungen teilzunehmen und mich auf Schritt und Tritt zu verfolgen. Er würde es natürlich nie zugeben, dass er mich im Auge behielt, aber seine ständige Anwesenheit bestätigte meinen Verdacht.

Er sieht immer noch gut aus, dachte ich seufzend. Verdammt gut sogar. Seine breiten Schultern, die in eine schmale Taille mündeten, hatten es mir bereits bei unserer ersten Begegnung angetan. Während er vor mir gekniet hatte, hatte ich durch sein rissiges Hemd die Sehnen und Muskelstränge sehen können, die geradezu geschrien hatten: »Ich bin ein Krieger.«

Ich nahm seine Bauchmuskeln besser in Augenschein. Ich war mir fast sicher, dass sie besser definiert waren, als ich sie in Erinnerung hatte.

Die eng anliegende Lederhose umspannte seine muskulösen Schenkel. Es war so verdammt lange her, dass sich unsere Haut berührt hatte. Den schmerzhaften Augenblick vor der Heirat mit Tarsus schloss ich aus meinen Gedanken aus. Die gewaltsame Übernahme meiner Lippen zählte nicht zu seiner Art, Zuneigung zu zeigen. Er war verzweifelt und wütend gewesen, aber das war ich auch.

Ich hatte mit meinen sechsundzwanzig Jahren viel erlebt und entbehren müssen. Ich hatte seinen Hass nicht verdient. Diese Begegnung zerrte noch an mir, obwohl ich versuchte, sie aus meiner Erinnerung zu tilgen.

Ich dachte an Daneel und Vitaan und mein Blick verschwamm. An Nimerus zu denken, verbat ich mir. Ich würde nicht mehr aufhören können zu weinen. Hastig wischte ich mir eine Träne weg und schimpfte innerlich über die Weichheit, die mich seit der Schwangerschaft im Griff hatte. Meine Gefühle spielten verrückt. In einem Augenblick konnte ich lachen und im nächsten heulen wie ein Schlosshund. Die Heiler im Palast hatten gemeint, dass das Gefühlswirrwarr in meinem jetzigen Zustand durchaus natürlich war.

Dastan schaute mich an, als spürte er meinen Blick auf sich, als wisse er um das Durcheinander in meinem Kopf.

Ich wandte mich ab und schritt zurück zu meinem Schreibpult. Ich hatte viele liegen gebliebene Angelegenheiten abgearbeitet, dennoch säumten weitere Papierstapel meinen Tisch. Für den Augenblick war es jedoch genug, entschied ich.

Es war zwar erst kurz vor Mittag, aber ich arbeitete bereits seit der Morgendämmerung. Am Nachmittag würde ich mich wieder an die Arbeit machen, solange wollte ich einige Dinge mit Shimon klären, die seiner Aufmerksamkeit bedurften.

Mein Magen erinnerte mich daran, dass ich seit Sonnenaufgang außer etwas Obst und Haferbrei nichts mehr zu mir genommen hatte. Also machte ich mich auf den Weg in die Küche.

Ich betrat die große Halle und sah Dastan mit einigen Kriegern an der Tafel sitzen und sein Mahl einnehmen. Er hatte sich gewaschen, was ich an den Wassertropfen bemerkte, die von seinen Haaren auf sein Hemd tropften. Seine Augen erfassten mich, sobald ich einen Fuß über die Türschwelle setzte. Ich könnte fast meinen er erwartete mich. Ich nickte den Männern zu und lief weiter.

Zu meiner Belustigung ließ die Köchin, sobald sie mich sah, die Kelle vor Schreck in den Kessel fallen, der über dem Feuer hing. Die Mägde hielten in ihrem Tun inne und eine angespannte Atmosphäre baute sich auf. Weder die Dienerschaft noch die Wachen hatten sich daran gewöhnt, dass ich in die Küche ging, wenn ich hungrig war, statt jemanden zu schicken.

Diese Leute kannten mich nicht und es war mir wichtig, loyale und treue Untertanen zu haben. Diese Bedingung hatte ich meinen Kriegern im Hauptlager mit Disziplin und Härte eingehämmert, aber das hier waren keine Krieger. Ich konnte sie nicht gnadenlos drillen und ihnen mit Bestrafung drohen, wenn sie meinen Ansprüchen nicht genügten. Deshalb wendete ich eine andere Taktik an, um sie für mich zu gewinnen.

Ich lächelte die korpulente und liebenswürdige Chefköchin an und beugte mich über den wohlriechenden Topf, in dem es vor sich hin blubberte. Genüsslich schloss ich die Augen.

»Mh, was hast du Feines gezaubert, Bordie? Das riecht wieder einmal köstlich«, meinte ich ehrlich. Wie auf Kommando knurrte mein Magen erneut.

Die Köchin lächelte und sah sichtlich verlegen drein. »Eure Hoheit, Ihr beschämt mich. Das ... das ist nur ein Fleischeintopf«, entgegnete sie bescheiden und machte eine wegwerfende Handbewegung. »Wir wollen für heute Abend gefüllte Bedenjanen herrichten, weshalb wir das Mittagsmahl schlicht halten mussten. Beides zusammen wäre nicht zu schaffen gewesen, da zwei meiner Helferinnen erkrankt sind«, erklärte sie.

Ich wäre ihr fast um den Hals gefallen, als ich das Wort Bedenjanen hörte. Tarsus hatte mich gleich am ersten Tag im Palast eine Liste mit allen Speisen erstellen lassen, die ich gerne aß. Die Liste hatte er dann der Köchin weitergegeben, damit sie meine Lieblingsgerichte kochen konnte. Meine Auswahl war recht bescheiden aufgefallen: Menamen zum Frühstück und Bedenjanen in allen Varianten. Er hatte es mit einem Schulterzucken quittiert.

Wehmut packte mich, als ich an den toten König dachte, der alles getan hatte, damit ich mich wohlfühlte. Er hatte gewusst, dass – egal wie bedeutend oder unbedeutend seine Taten waren – ich ihn niemals lieben würde. Und trotzdem hatte er sich alle Mühe gegeben.

Ich nickte Bordie zu und beugte mich zu der freundlichen Frau mit den Pausbacken herunter, um sie zu umarmen. Sie sah so überrascht aus, wie ich mich fühlte.

»Ich danke dir und deinen Helferinnen, Bordie.« Dann nahm ich mir eine Schüssel aus dem hohen Regalfach, schöpfte mir Eintopf hinein, griff mir eine Scheibe Brot aus dem Korb auf der Anrichte und ging damit zur Tafel.

Der Tag war schnell vergangen. Ich rieb mir die Augen, während ich aufstand, um in mein Schlafgemach zu gehen. Ich trat aus der Tür, die Wachmänner setzten sich in Bewegung, um mich bis zum Schlafgemach zu begleiten. Ich bog im zweiten Stockwerk gerade um die Ecke, da erblickte ich Dastan, der im Halbdunkel des Flurs die Treppe zum Obergeschoss ansteuerte. Er sah mich und blieb stehen. Ich hielt ebenfalls und wir standen uns im flackernden Licht, das von den Fackeln an der Wand gespendet wurde, gegenüber.

»Dastan kann mich nach oben begleiten. Ihr könnt vor meinen Gemächern Stellung beziehen«, wies ich die beiden Wachen an. Sie verbeugten sich kurz und gingen.

Als ich mich zu Dastan umdrehte, stand er näher bei mir. In seinen Augen tobte eine Reihe von Emotionen: Verlangen, Sehnsucht, und Schmerz. Während ich meinen Blick nicht abwandte und auch nicht zurückwich, überbrückte er die Distanz zwischen uns und beugte sich zu mir herunter. Unsere Körper berührten sich nur leicht an unseren Oberkörpern aber selbst das reichte, damit die Härchen auf meinen Armen zu Berge standen.

Es ist wie früher, dachte ich. In seiner Nähe fiel mir das Denken immer noch so schwer wie am Anfang unserer Bekanntschaft.

Atemlos wartete ich auf seine nächste Handlung, die nicht lange auf sich warten ließ. Seine Lippen strichen federleicht über meine, aber er küsste mich nicht.

»Lass mich wieder in dein Herz, Elenas. Lass mich an deinem Leben und dem unseres Kindes teilnehmen. Lass mich dir beweisen, dass meine Liebe ungebrochen ist und so echt, so rein wie am ersten Tag. Verwehre mir dieses Glück nicht«, flehte er leise. Er zog sich etwas zurück, um mir in die Augen zu sehen. »Bitte«, hauchte er. Das Feuer in seinem Blick ließ mich kein Wort herausbringen.

Ich drängte die Tränen zurück und versuchte, den faustgroßen Kloß in meinem Hals herunterzuschlucken, während er sich abwandte und mit hängenden Schultern davonging.

„Die Liebenden, befinden sich alle im Krieg."

Dastan

In meinem Zimmer angekommen lief ich eine Spur in den Teppich. Ich hätte bleiben sollen, sagte ich mir immer wieder. Bleiben und sie in meine Arme schließen sollen. Sie war mir so verdammt nah gewesen.

Ich fuhr mir mit einer Hand über den Mund. Ich war mir sicher, hätte ich einen Kuss stehlen wollen, hätte sie nicht nein gesagt. Aber ich hatte Angst, dass wenn ich einmal anfing, nicht hätte aufhören können. Ihr sehnsuchtsvoller Blick hatte es bestätigt. Wir waren uns so nahe gewesen wie lange nicht mehr.

Mit einem Seufzen setzte ich mich auf das Bett und starrte aus dem Fenster, dessen Läden ich trotz Kälte weit geöffnet hatte.

Herrgott, wie sehr ich sie wollte. Meine Sehnsucht war kaum noch zu bändigen. Mit einem frustrierten Laut sprang ich auf die Füße und lief wieder von einer Seite zu andren. Die Wände schienen mich zu erdrücken, also stürmte ich zur Tür. Ich riss sie so energisch auf, dass sie an die Wand prallte. Ich lief unter den verwunderten Blicken der Palastwachen, die ihren Dienst verrichteten, direkt auf den Hof hinaus.

Meine Hände brauchten eine Beschäftigung. Im Stall zündete ich eine Fackel an und hängte sie in der Nähe der Box meines Tieres auf. Mein Hengst schien die Unruhe in mir zu spüren, denn er fing an, hin und her zu tänzeln.

Ich füllte seinen Trog mit frischem Wasser und die Raufe mit Heu. Nachdem ich damit fertig war, löschte ich das Feuer und lief zurück in den Palast. Diesmal wollte ich einen anderen Weg nehmen und bog links ab, um zur äußeren Wendeltreppe zu gelangen. Mein Gemach lag im östlichen Teil direkt ein Stockwerk über Elenas', weshalb dieser Bereich, meiner Meinung nach besser geschützt werden musste. Obwohl dieser Zugang nicht direkt zu Elenas Schlafzimmer führte, konnte man durch einige Korridore und Nebenflure zu ihr gelangen. Ich würde mich dort umsehen und sicherstellen, dass alles in Ordnung war. Ansonsten konnte ich diese Nacht kein Auge zu tun. Als ich Shimon darauf angesprochen hatte, auch alle Zugänge, die nicht unmittelbar zu den königlichen Gemächern führten, besser zu schützen, hatte er mich ausgelacht und den Vorschlag ignoriert.

Meine anhaltende Unruhe war mehr als nur Schlaflosigkeit oder Unzufriedenheit geschuldet. Es handelte sich eher um ein ungutes Gefühl, eine Vorahnung, die ich nicht zu deuten wusste.

Das letzte Mal, als ich dieses Gefühl gehabt hatte, hatte ich Elenas Lebewohl sagen müssen. Es war der schreckliche Tag gewesen, nachdem ihre Männer sie für Tod erklärt und ihren Leichnam mitgenommen hatten, um sie in Ashkolon zu beerdigen.

Keuchend blieb ich auf der letzten Stufe der Treppe stehen. Erst nach mehrmaligem ein- und ausatmen, beruhigte sich mein Herzschlag. Ich machte ein paar Schritte, blieb stehen und stützte mich an den Zinnen ab. Mit einem tiefen Seufzen beugte ich mich vor und sah über die Mauer in die Dunkelheit hinab.

Ich stand am höchsten Punkt des vierstöckigen Gebäudes und sah nichts als Schwärze, die an einigen Stellen durch den Mondschein erhellt wurde. Ein heller Fleck erregte meine Aufmerksamkeit, weshalb ich mich weiter vorbeugte und die Augen zusammenkniff. War das etwa ein Seil? Ich erblickte es ein Stück unter dem freien Spalt einer Zinne.

Ich ging zwei Spalten weiter und griff danach. Es, handelte sich tatsächlich um ein Seil, dass an einem Wurfhaken hing. Er steckte in der Rille der Mauer fest. Ich zog das Seil hoch, bekam aber das Ende nicht zu fassen, weil es so lang war. Meine Gedanken fingen an zu rasen. Was zum Teufel hatte das zu bedeuten?

Ich rief eine Wache, die etwa zwanzig Schritte entfernt auf der anderen Seite des Wehrgangs stand, zu mir und zeigte meinen Fund. Die Augen des Mannes wurden riesig, ein panischer Ausdruck erschien auf seinem Gesicht. Das ungute Gefühl kam mit voller Wucht zurück und ich rannte los.

Mein Herz schlug wie verrückt, als ich die Tür zum Palastinnern fast aus den Angeln hob, so heftig stieß ich sie auf. So schnell ich konnte, rannte ich die Treppen zwei Stockwerke hinunter und rutschte dabei mehrmals auf dem glatten Boden aus. Nach einer halben Ewigkeit erreichte ich keuchend den Korridor, der zu Elenas' Schlafgemach führte.

Schlitternd bog ich um eine Ecke und sah die beiden Wachen vor ihrer Tür stehen. Sobald ich die Männer auf ihren Posten erblickte, beruhigte ich mich ein wenig und lief auf sie zu. Sie beäugten mich misstrauisch, während ich mich mit hastigen Schritten auf sie zubewegte. Kaum hatte ich meine Hand ausgestreckt, um nach dem Türknopf zu langen, trat einer der Wachmänner neben mich.

»Die Königin schläft vermutlich schon. Komm morgen wieder«, blaffte er mich an.

Ich erstarrte. Ein leises Stöhnen ließ mir das Blut in den Adern gefrieren. Es schien aus Elenas' Zimmer zu kommen.

Ruckartig hob ich die Hand, um den Mann zum Schweigen zu bringen, was ich zu meiner Verwunderung auch schaffte. Mit einem Ohr an der Tür lauschte ich nach anderen Geräuschen. »Was denkst du, tust du da«, knurrte der Wachmann und griff nach meiner Schulter, um mich von der Tür wegzuziehen. Hielt dann inne als er die Geräusche auch hörte. Ein gedämpftes Poltern erklang, ein Schaben, dann herrschte Ruhe.

»Etwas stimmt nicht«, sagte ich und zog die Wache neben mir zur Seite.

Leise öffnete ich die Doppeltür und schlich mich in den Raum. Ich war seit der Hochzeit nicht in Elenas' Schlafgemach gewesen, weshalb ich irritiert in einer Art Vorzimmer stehen blieb. Damals war ich durch das Fenster eingestiegen und hatte das Vorzimmer außeracht gelassen. Einige Schritte entfernt befand sich eine weitere Doppeltür, deren Flügel offen standen. Gepresste Atemzüge und eine gedämpfte Männerstimme waren zu hören. Mir stellten sich die Nackenhaare auf. Wie auf ein Zeichen zogen wir unsere Schwerter.

Lautlos schlichen wir zur Flügeltür. Dort hob ich die Hand, damit die Wachen stehen blieben. Der Mann, der sich mit Elenas im Zimmer befand, kicherte plötzlich in einem viel zu hohen Ton. Ein Schauer überzog meinen Körper, als ich den Laut erkannte. Es war niemand geringeres als mein Bruder Tebriik.

„Bruder, was du auch tust; ich werde dich immer lieben."

Elenas

Mein Puls pochte in den Schläfen und meine Sicht begann zu verschwimmen. Sein Schlag hatte mich am Kopf getroffen und mich benommen zurückgelassen, wodurch er mir ungehindert einen Arm um den Hals hatte legen können. Kaum hatte er das geschafft, drückte er mir die Luft ab. Im Mondschein, dass durch das Fenster fiel, glänzte der Krummsäbel in seiner Hand. Während er ein paar Schritte in Richtung Bett zurückstolperte, zog er mich grob mit sich. Meine Finger kratzten und zerrten vergeblich an seinem Arm, aber er ließ nicht locker.

Nun bekam er die Gelegenheit, auf die er seit unserer letzten Begegnung wartete: Er würde das, was er in Düvven begonnen hatte, zu Ende bringen. Er würde meinem Leben ein Ende setzen. Und nicht nur meinem, auch das meines Kindes. Dieser Gedanke erfüllte mich erneut mit Kraft und ich versuchte hektisch, mich aus seinem Griff zu winden. Kurz lockerte er seine gespannten Arme und ich holte gierig Luft. Sein keuchender Atem an meinem Ohr bereitete mir Übelkeit.

»Endlich wird mein Traum wahr, Elenas. Dein Ende ist so nah, dass ich es riechen kann.« Er ließ sich auf die gepolsterte Bank am Bettende, fallen und zog mich auf seinen Schoß. Ich lag mehr auf ihm, als dass ich saß. »Viel zu lange habe ich auf diese Gelegenheit gewartet. Vermutlich täte ich das immer noch, käme die Anweisung, dich auszulöschen, nicht von ganz oben bekommen. Dank Beytaht wusste ich, wo du zu finden warst.«

Was zum Teufel sagte er da? Meinte er den Soltan?

Die monatelange Abstinenz vom körperlichem Training machte sich bemerkbar. Ich schaffte es nicht einmal, seinen zweiten Arm so zu bewegen, dass er nicht direkt auf meinen Bauch presste. Seine andere Hand lag straff an meinem Hals, und wenn er nur ein wenig zudrückte, würde ich wieder keine Luft bekommen.

Als sähe er das Unverständnis auf meinem Gesicht, erklärte er seine Worte: »Es gab Gerüchte, die besagten, dass du eine Art Landkarte mit brisanten Notizen besessen hast. Immerhin hat sich mein räudiger Bruder deshalb in dein Lager geschlichen. Aber der Idiot kehrte mit leeren Händen zurück. Eine herbe Enttäuschung für das zarranische Heer«, zischte er und drückte seinen Mund näher an mein Ohr. »Hätte er sich nicht so dumm angestellt, hätte ich dich schon lange unter die Erde gebracht. Meine Niederlage, in der Schlacht von Yophillis, habe ich alleine dir zu verdanken. Du hast mich zum Gespött meiner Männer gemacht.« Er schnalzte tadelnd mit der Zunge.

Die Härchen auf meinen Armen stellten sich vor Ekel auf, als ich etwas Feuchtes auf meiner Wange spürte.

»Kaum hatte Dastan von dir gekostet, wusste er nicht, wie ihm geschah. Hast du ihn etwa mit deiner Verderbtheit verhext, du Schlampe?«, fauchte er und drückte mich weiter an sich. Meine Beine fingen an zu zittern, angesichts meines verzweifelten Versuchs, so viel von meinem Gewicht zu tragen. Ich wollte mich nicht auf ihn setzen. Wenn mein Körper seinem noch näher kam, müsste ich mich auf der Stelle übergeben.

»Es wäre ein Jammer, wenn ich mich nicht selbst von deinem Geschmack überzeugen würde, findest du nicht auch, Elenas?« Seine Zunge fuhr mir über das Ohr.

Ich konnte einen würgenden Laut nicht unterdrücken.

»Du widerst mich an« krächzte ich.

Tebriik kicherte leise. »Sobald dein werter Tarsus diese geheimen Informationen weitergegeben hat, wussten wir sofort, von wem er sie haben musste. Allerdings dachten wir, du seist in unserem Lager verreckt, weshalb wir davon ausgegangen sind, dass jemand anderes die Informationen weitergegeben hat.« Ein Grollen erklang in seiner Brust. »Tarsus hat meinen Soltan vor aller Welt schwach aussehen lassen und dafür sollte er sterben. Beytahts Assassinen hörten Gerüchte über dich, als sie in die Stadt kamen. Als sie Tarsus einen Pfeil in den Hals schossen, erkannten sie dich«, zischte er und lachte dann wie ein Irrer auf.

Meine Füße rutschten auf dem weichen Teppich aus. Ich verlagerte mein Gewicht und landete auf ihm. Ich musste meine Kräfte sammeln, wenn ich noch eine Chance haben wollte, zu entkommen.

Er schlang seinen anderen Arm, mit dem Säbel in der Hand, um meinen gewölbten Bauch und zog mich so hart an seinen Körper, dass ich ein schmerzhaftes Stöhnen nicht unterdrücken konnte. Mein Baby trat heftig in meinem Bauch, was Tebriik spüren musste.

»Als der Soltan von dir erfahren hat, beorderte er den besten Auftragsmörder des Landes. Er wollte sichergehen, dass die Klinge tatsächlich Bekanntschaft mit deiner Halsschlagader macht. Aber ich kam dem Mörder zuvor.« Tebriik seufzte und ich spürte, wie seine Lippen erneut über meine verschwitzte Wange strichen.

Mein Herz schlug so schnell wie nie zuvor in meinem Leben. Ich konnte keinen klaren Gedanken fassen. Mir musste schleunigst etwas einfallen, um ihn zu überwältigen, aber im Augenblick sah es verdammt schlecht aus.

»Ich bat ihn – nein, ich flehte ihn regelrecht an –, diese Aufgabe mir zu überlassen.« Er kicherte, nahm seine Hand von meinem Bauch und presste sie auf meine Brust. Noch länger würde er nicht mehr in Plauderlaune sein. Wenn ich noch eine Chance haben wollte, musste ich sogleich handeln. »Und du hast dich natürlich sofort auf den Weg gemacht.«

Ich erhielt ein weiteres verrücktes Lachen. Dieser Mann war vollkommen irre.

»Und ob. Denkst du, ich lasse mir das ent-«

Mein Hinterkopf traf seine Nase, was ihn aufbrüllen ließ. Er ließ mich los. Hastig rappelte ich mich auf und lief zur Tür. Eine Gestalt versperrte mir den Weg. Hatte Beytaht noch mehr Mörder geschickt? Mit einem erschrockenen Aufschrei machte ich ein paar Schritte in Richtung Fenster. Wenn es sein musste, würde ich-

Der Gedanke erstarb, als die Gestalt aus dem Schatten ins Mondlicht trat.

Erleichtert atmete ich auf und warf einen hastigen Blick über die Schulter zu Tebriik.

»Elenas« mehr musste Dastan nicht sagen.

Ich eilte zu ihm.

»Ihr haltet euch zurück. Tebriik gehört mir«, wies er die beiden Krieger an, die hinter ihm ins Zimmer traten.

Dastan hielt sich nicht weiter mit Worten auf, sondern stürzte sich auf seinen Bruder. Der Beistelltisch neben dem Bett zerbrach, als beide mit einem Knall darauf landeten. Der Säbel fiel Tebriik aus der Hand. Dastan verpasste ihm eine Reihe Fausthiebe, bis Tebriik sich aufbäumte und Dastan das Gleichgewicht verlor. Tebriik nutzte das sogleich aus und zog Dastan zu sich auf den Boden. Sie rollten sich herum, wobei Dastan mehrere Schläge einsteckte.

Unwillkürlich trat ich ein paar Schritte vor, als ich Dastan aufbrüllen hörte. Ich wollte ihm helfen, wusste aber nicht wie.

»Eure Hoheit, es könnten noch andere Angreifer in den Palast eingedrungen sein. Lasst Euch in Sicherheit bringen«, riet einer der Wachmänner und griff nach meinem Arm. Ich schüttelte ihn ab. Tebriik riss sich von Dastan los und sprang auf die Füße. Er beugte sich über Dastan und verpasste ihm einen Schlag gegen die Schläfe. Blut rann aus Dastans Nase, seine Braue war aufgeplatzt. Er war zu benebelt, um mitzubekommen, wie sich sein Bruder nach seinem Säbel streckte und sich schwankend aufrichtete.

Mir kam der entsetzliche Gedanke, dass Dastan es nicht rechtzeitig schaffen würde, ihn abzuwehren.

Dastan kam schwankend auf die Füße, da holte Tebriik mit dem Säbel aus. Ich schrie auf und stürzte nach vorne, aber es war zu spät. Die Klinge fuhr ins Fleisch, ein Röcheln ertönte, gefolgt von einem Gurgeln, das mir die Beine wegzog.

Schluchzend landete ich auf dem Teppich, meine Sicht verschwamm, sodass ich nur Umrisse erkennen konnte. Ich krabbelte auf allen Vieren auf Dastan zu. Die Männer standen noch und es sah so aus, als hielte sich Tebriik bei seinem Bruder fest.

Verwirrt beobachtete ich im Mondschein die Tränen, die Dastans Wangen hinabliefen. Er nahm die Hände vom Kragen seines Bruders und ließ ihn zu Boden gleiten.

Mit einem ungläubigen Blick sah Tebriik auf den Griff, der ihm aus dem Unterbauch ragte. Seine Tunika verfärbte sich innerhalb eines Augenblicks dunkel, er verdrehte die Augen und kippte nach hinten.

Dastan stand eine Weile schweigend da, dann wandte er sich um und kam auf mich zu.

»Geht es dir gut?« Seine Hände umfingen meine Arme, er zog mich hoch. Ich traute meiner Stimme nicht, weshalb ich nickte. Schwer atmend lehnte er seine Stirn an meine. Ich hörte ihn schlucken. Dann ließ er mich los und verließ, ohne ein weiteres Wort, den Raum.

„Wie oft werden wir uns noch begegnen, bis wir erkennen, dass wir zusammengehören?"

Elenas

Seit dem Vorfall mit Tebriik waren fast zwei Wochen vergangen. Dastan hatte sich noch immer nicht erholt. Die Tötung seines Bruders mochte gerechtfertigt gewesen sein, immerhin hatte Dastan nur versucht, mich zu beschützen, aber ich war mir nicht sicher, ob er je darüber hinwegkommen würde. Leider konnte ihn nicht fragen, da er seit diesem Tag verschwunden war.

Er hatte seinen Bruder getötet und sich damit endgültig für mich und unser Kind entschieden. Dem Himmel sei Dank, ging es meinem Baby gut. Die Heiler hatten mich am Morgen nach dem Angriff untersucht und festgestellt, dass alles in Ordnung war.

Dastan und mir war von vornherein eines klar gewesen: Tebriik hätte nicht eher aufgehört, mir nach dem Leben zu trachten, bis er es geschafft hätte. Es hatte mit der herben Niederlage der Zarranier in Yophillis begonnen. Zu diesem Zeitpunkt war Tebriik Heerführer im gegnerischen Lager. Statt seine Kompetenz als Anführer in Frage zu stellen, hatte er mich für sein Versagen verantwortlich gemacht. Beytaht enthob ihn seiner Position und Dastan nahm seinen Platz ein. So hatte sein Hass begonnen. Darauf folgten so viele Mordanschläge, dass ich irgendwann aufgehört hatte zu zählen.

Während ich die ewig langen Korridore des Palastes entlanglief und durch die vielen, deckenhohen Fenster hinaus sah, ließ ich die Tage nach Tebriiks Tod Revue passieren.

Noch in derselben Nacht hatte ich den Leichnam meines Angreifers in einen der Kerker bringen lassen. Es gab keinen anderen Raum, der kühl genug war. Wäre es nach mir gegangen, hätte ich seine Leiche in einen Graben werfen lassen, damit er dort verrottete. Da er Dastans Bruder war, hatte der das Recht, zu entscheiden, was mit den Überresten geschah.

Dastan war die nächsten zwei Tage nicht aufgetaucht. Vermutlich hatte er den Palast sofort nach diesem schrecklichen Vorfall verlassen. Ich hatte nicht gedacht, dass er wiederkommen würde. Tatsächlich war ich der Meinung gewesen, dass ihm der Gedanke gekommen war, ohne uns besser dran zu sein. Ohne mich.

Die Vorstellung, auf ewig ohne ihn zu leben, hatte mir die Luft zum Atmen genommen. Ich hatte mich so sehr an seine Nähe gewöhnt, dass es mich verunsicherte, er könnte den Palast und alles was geschehen war, hinter sich lassen wollen.

Ständig hatte ich an den Zinnen gestanden, in der Hoffnung, ihn zu sehen, wenn er in den Hof geritten kam. Am Abend des dritten Tages war er endlich zurückgekehrt. Die Sonne ging gerade unter und tauchte Dastan, der durch den Torbogen zu den Stallungen ritt, in orange-rotes Licht.

Er reichte die Zügel einem Stalljungen und schleppte sich über den Hof, um ins Innere des Palastes zu gelangen. Er strebte den Hintereingang an, vermutlich, um niemanden über den Weg zu laufen. Sein Schritt stockte, als er mich einige Schritte vor der Wendeltreppe entdeckte. Anscheinend hatte er mich nicht auf den Zinnen bemerkt. Unsere Blicke trafen sich nur kurz, dann senkte er seinen Kopf und ging weiter.

»Dastan, bitte, wir müssen reden«, bat ich ihn und erntete Schweigen.

Ohne innezuhalten, ging er an mir vorbei und stieg die erste Stufe der Treppe hinauf.

»Was soll mit deinem Bruder geschehen? Wie willst du ihn beerdigen?«

Diesmal schienen meine Worte zu ihm durchzuringen. Er blieb stehen und drehte sich zu mir um. »Er ... er ist noch hier?«, flüsterte er. Der Schmerz in seinen Augen nahm mir fast die Luft zum Atmen.

»Ich dachte, du willst ihn anständig begraben. Immerhin war er dein Bruder«, entgegnete ich betrübt und bemerkte, wie derangiert sein Äußeres war. Ich hatte mich so auf sein Gesicht konzentriert, dass mir seine verdreckte Erscheinung entgangen war. Der Saum seiner Beinlinge und seines Umhangs waren mit Schlamm bespritzt. Sein Haar war ein wirres Durcheinander und unter seinen Augen lagen dunkel violette Schatten. So wie er aussah, musste er tagelang geritten sein. Seine Erschöpfung ging ihm bis ins Mark, das war unübersehbar.

»Könntest du veranlassen, dass er bestattet wird? Auf einem richtigen Friedhof?«, fragte Dastan leise.

Ich nickte.

Er sah mich lange an, als wollte noch etwas sagen, wandte sich dann aber ab und ging.

Die nächsten zwei Tage verließ er sein Zimmer nicht. Ich wies die Dienerschaft an, ihm die Mahlzeiten zu bringen. Ich hatte daran gedacht, ihm die Speisen selbst hinaufzutragen, allerdings war ich mir nicht sicher gewesen, ob er mich sehen wollte. Auch wollte ich ihn nicht bedrängen, er schien die Zeit für sich zu brauchen. Am dritten Tag nach seiner Rückkehr sah ich zufällig, wie Dastan im Galopp in Richtung Tor verschwand. Als ich daraufhin Shimon aushorchte, hatte der keine zufriedenstellende Antwort.

Nachdem Dastan den Angreifer getötet hatte, war Shimon nicht mehr ganz so abweisend zu ihm. Er rechnete es ihm hoch an, seine Königin gerettet zu haben. Und als ich ihm sagte, dass Tebriik Dastans Bruder gewesen war, hatte ich tatsächlich Mitleid in seinem Blick entdeckt.

Ganz in meine Gedanken versunken bemerkte ich nicht, dass jemand vor mir um die Ecke gebogen kam. Hätte derjenige nicht schnell reagiert, läge ich jetzt vermutlich auf dem Boden.

»Ah, da bist du ja. Ich habe dich gesucht«, meinte Dastan und richtete mich auf.

Seit Tebriiks Tod hatten wir kaum ein Wort gewechselt und jetzt stand er so dicht vor mir, dass sich unser Atem vermischte. Mein Herz machte bei seinem Anblick einen Satz und schlug dann doppelt so schnell weiter. Ich hatte ihn mehr als nur vermisst. Ich verzehrte mich nach ihm. Was er wohl zu erledigen gehabt hatte?

»Was kann ich für dich tun?«, erkundigte ich mich und trat einen Schritt vor, um seinen Geruch nach Leder und Tannen genießen zu können.

»Ich wollte dir etwas sagen, habe es aber vergessen. Es war ständig viel los und du warst so beschäftigt. Dann kam Tebriik …« Er verstummte und fuhr sich mit einer fahrigen Bewegung durch das Haar. Er sah nervös aus, was mich unruhig werden ließ.

»Du bist aufgewühlt. Was ist los?« Ein ungutes Gefühl beschlich mich.

»Es ist alles in Ordnung, wirklich«, entgegnete er und lächelte sogar. Er ergriff meine Hand und presste sie auf sein Herz. »Ich habe eine kleine Überraschung für dich. Aber du musst mir versprechen, sitzen zu bleiben. Haben wir eine Abmachung?«

Sitzen bleiben? Von was redete er?

Zögernd nickte ich, weil ich so schnell wie möglich wissen wollte, worum es ging. Er zog mich an der Hand mit sich in Richtung Hauptsaal.

Seine Wärme sickerte in mich und vertrieb die Kälte ein wenig, die sich seit seiner Abreise hartnäckig in mein Herz genistet hatte. Ich betrachtete ihn von der Seite. Sein Lächeln vorhin hatte eher aufgesetzt gewirkt. Ich wüsste zu gerne was in ihm vorging. Er bemerkte wohl meinen Blick, denn er wandte seinen Kopf in meine Richtung und erwiderte ihn so lange, bis wir an der offenen Flügeltür des Saals ankamen. Verwundert registrierte ich, dass der große Saal voller Menschen war.

Alle meine Männer waren anwesend – auch Santyx sowie Maya. Audius war mit seiner Angebeteten gekommen, in seinem Arm schlief ein Neugeborenes. Sie standen direkt vor der langen Tafel und lächelten mich freudestrahlend an. Tarsus' ehemalige Berater, die jetzt mir dienten, standen auf der anderen Seite der Tafel, ebenfalls in Reihe und Glied nebeneinander. Nachdem mein grimmiger Blick über ihre Gestalten gewandert war, lächelten sie noch immer.

Etwas ging hier vor sich, etwas, dass ich nicht begreifen konnte. Fieberhaft ging ich die letzten Wochen und Monate in meinem Kopf durch. Hatte ich etwas Offensichtliches übersehen oder ein wichtiges Datum vergessen? Mir wollte nichts einfallen.

Während Dastan mich zum Thron an der Tafel führte, warf ich ihm einen fragenden Blick zu, den er geflissentlich ignorierte. Ich sah in die anwesenden Gesichter und konnte in ihnen weder Anspannung noch Sorge lesen, was mich ein wenig beruhigte.

Dastan zeigte mit einer Hand auf den Thron und ich nahm Platz. Er stellte sich neben mich. Ein tiefes Lachen hallte vom hinteren Bereich des Raums, was meinen Kopf herumfahren ließ. Ich freute mich natürlich alle meine Freunde beisammen zu haben aber ich war auch angespannt und nervös. Was ist, bitte so lustig?, fragte ich mich und versuchte zu dem Geräusch ein Gesicht zu finden.

Audius schien meine Gedanken gelesen zu haben. »Ich wünschte, du könntest dein Gesicht sehen, Schwesterchen.« Er schüttelte grinsend den Kopf.

Tribas, Timor und Santyx stimmten in sein Lachen mit ein, was meine Nervosität nicht schwächer werden ließ.

»Man könnte meinen, Dastan führt dich zu deiner Hinrichtung«, warf Audius mir lachend vor, wobei er das Baby in seinem Arm hin und her wiegte.

»Du hast leicht reden«, schnappte ich zurück. »Immerhin weißt du, womit ich überrascht werden soll. Wärst du an meiner Stelle, würdest du toben und fluchen wie ein Waschweib. Du wärst jetzt schon halb wahnsinnig vor Nervosität, gib es zu«, frotzelte ich und lehnte mich in meinem Sitz zurück.

Mir fiel auf, dass auf der anderen Seite des Saals ein Torflügel offen stand, was üblicherweise nie der Fall war. Helles Tageslicht strahlte herein und eine fast warme Brise wehte bis zu mir herüber. Der Frühling vertrieb bereits den Winter und beanspruchte die ihm zustehende Zeit. In wenigen Wochen würde es warm werden. Mein Kind wäre dann einige Wochen alt. Die Geburt war nur noch eine Frage von Tagen.

Unerwartet beugte sich Dastan dicht an mein Ohr und legte dabei eine Hand in meinen Nacken. Hitze schoss in meinen Körper. Vermutlich würde sich weder meine Sehnsucht noch mein Verlagen nach ihm je legen.

»Vergiss nicht, was du versprochen hast, Grünauge«, verlangte er unüblich ernst.

Ich nickte wie betäubt, als sich unsere Blicke verhakten. Mein Puls raste wie verrückt, in diesem Moment hätte ich ihm alles versprochen.

»Bitte, Dastan, mein Herz bleibt gleich stehen vor Aufregung. Was ist das für eine Überraschung? Du kennst mich gut genug, um zu wissen, dass ich es nicht schätze, überrascht zu werden, mit was auch immer«, flüsterte ich und erhielt zur Antwort nur ein Schmunzeln. Er wandte sich ab.

»Komm herein!«, rief er übertrieben laut.

Mein Herz schien mir aus der Brust springen zu wollen. Was zum Henker ... Jemand bog um die offene Flügeltür und kam in mein Sichtfeld. Das Tageslicht war so hell, dass ich einen Augenblick brauchte, um das Gesicht zu erkennen. Mein wild schlagendes Herz machte einen Satz, geriet aus dem Takt und dann blieb es stehen. Meine Hände fingen an zu zittern. Das musste ein Traum sein. Dieser Mann sah aus wie ... wie Vitaan. Aber Vitaan war tot. Er konnte nicht durch diese Tür spazieren.

Mit jedem weiteren Schritt, kam er mir näher, aber ich konnte mich nicht rühren. Etwas Verrücktes war mit meinem Herzen geschehen. Es füllte sich so schnell mit Hoffnung, dass es platzen müsste. Ich blinzelte nicht mal aus Angst, er könnte sich in Luft auflösen.

Als der alte Mann mir nahe genug war, dass ich die Tränen auf seinem abgemagerten Gesicht sehen konnte, krallten sich meine Finger in die Armlehnen. Er war echt, aus Fleisch und Blut. Es war kein Trugbild, keine Einbildung. Mit letzter Kraft stützte ich mich auf die Armlehnen und stand auf. Ich konnte nicht länger sitzen bleiben. Ein tiefer Atemzug füllte meine Lungen mit Luft, meine Knie drohten einzuknicken, aber ich riss mich zusammen.

Ich wollte mich von diesem Zauber blenden lassen, der mir vorgaukelte, dass mein Ziehvater vor mir erschienen war. Ich würde jeden Moment auskosten, bevor die Täuschung aufflog.

Ich bemerkte meine Tränen erst, als ich Salz auf meinen Lippen schmeckte. Eine geladene Stimmung schien den Saal eingenommen zu haben.

Mit wenigen Schritten überbrückte ich die kurze Distanz zwischen uns und blieb eine halbe Armeslänge von ihm entfernt stehen. Stumm starrten wir uns an. Ich inspizierte jeden Zoll meines Gegenübers, jede noch so kleine Erinnerung eines Muttermals oder einer Narbe frischte ich auf.

Es war unglaublich, aber er schien tatsächlich mein Vitaan zu sein. Der Mann, dem ich so verdammt viel schuldete und es nicht geschafft hatte, ihm seine Taten zu vergelten. Als würde es nicht reichen, dass ich eine miserable Tochter gewesen war, hatte ich ihn zudem in eine prekäre Lage gebracht. Er hatte meinetwegen alles verloren, was er besessen hatte. Und bis eben hatte ich sogar gedacht, dass er auch mit seinem Leben dafür bezahlt hatte.

Ich hob meine zitternden Finger zu seinem Gesicht, das ich vor lauter Tränen nur verschwommen sah.

»Vitaan, bist du es wirklich oder narren mich meine Augen?«, flüsterte ich ungläubig. »Oder treibt Dastan einen Spaß mit mir?« Meine Hände fuhren über Vitaans nasse Wangen, ein leises Schluchzen entschlüpfte meiner Kehle.

»Dank Dastan bin ich heute hier. Er hat mich aus Yophillis geschleust, bevor der Krieg begann.« Er wischte sich mit dem Handrücken die Freudentränen von der Wange.

Ich blickte über meine Schulter und stellte fest, dass Dastan direkt hinter mir stand. Ich rang um Worte, allerdings wollten sie nicht über meine Lippen kommen. Dieser wunderbare Mann verstand mich zum Glück auch ohne Worte. Er nahm mich in die Arme und hielt mich fest.

»Gern geschehen«, flüsterte er in mein Ohr und ließ mich kurz darauf los, damit ich mich wieder Vitaan zuwenden konnte. Dieser griff nach meinen Händen und hob sie auf Brusthöhe.

Ich sah betäubt auf unsere verschlungenen Hände hinunter.

»Sieh, wir sind wieder vereint«, sagte er. »Wir werden dort weitermachen, wo wir aufgehört haben. So wie wir es immer getan haben«, meinte er halb lachend halb weinend.

Aus einem Impuls heraus stürzte ich mich regelrecht auf ihn und zog ihn in eine Umarmung.

»Ich bin der glücklichste Mensch auf der Welt, Vitaan«, flüsterte ich und drückte ihn so fest an mich, wie es mein Bauchumfang zuließ. »Es ist unbeschreiblich schön, dich wieder in meinem Leben zu haben«, krächzte ich und ließ meinem Vater widerwillig ein wenig Luft zum Atmen.

Ungläubig sah er auf meinen Bauch hinab. »Beinahe hätte ich die Geburt meiner Enkelin verpasst. Nicht gesehen, wie sie aufwächst. Das wäre mehr als schändlich gewesen, nicht war, meine Süße?«, redete er mit seinem ungeborenen Enkelkind und tätschelte meinen Bauch.

»Wie kommst du darauf, dass es ein Mädchen ist?« Ich lachte verwundert. Meine Brüder, stimmten in mein Lachen ein. Ich hatte nicht bemerkt, dass sie näher gekommen waren, weil ich nur Augen für Vitaan hatte. Jetzt standen sie in einem Halbkreis um uns herum.

Mein Vater schmunzelte, als wüsste er etwas, das mir verborgen blieb.

»Ich habe es geträumt. Es war …« Der Rest seiner Worte ging in meinem Stöhnen unter.

Ein stechender Schmerz schoss mir in die Wirbelsäule und ich schnappte nach Luft. Im nächsten Augenblick lief warmes Wasser über meine Beine und ich schwankte. Dastan war sofort zur Stelle und stützte mich. Ich sah auf die Pfütze, die sich unter meinen Füßen bildete. Dann trafen sich unsere Augen und jeder las den Gedanken des Anderen. Es war Zeit für unsere Tochter, auf die Welt zu kommen.

Epilog

Elenas

»Eure Hoheit, die Gäste …«

»Um Himmels willen, Shimon, nenn mich endlich beim Namen. Muss ich es dir etwa einprügeln?« Ich seufzte resigniert und drückte ihm Elzada in die Arme.

Er hielt meine fünfzehn Monate alte Tochter so weit von sich weg, wie es seine Arme zuließen. Ich erinnerte mich an das erste Mal, als ich ihm das schreiende Kind gegeben hatte.

Dieser große starke Mann war tatsächlich vor Angst erstarrt, weil er nicht wusste, wie er es zu bändigen hatte. Nachdem ich sein blasses Gesicht mit den Schweißperlen auf der Stirn gesehen hatte, war ich in schallendes Lachen ausgebrochen.

Mittlerweile klappte das recht gut. Elzada wickelte jeden binnen kürzester Zeit um ihren kleinen Finger. Besonders Tribas hatte sie es angetan. Er vergötterte und verwöhnte sie.

Ich nahm Daneel aus seiner Liege und setzte mich mit dem Rücken zu Shimon auf den Sessel. Unser Sohn kam vor acht Wochen auf die Welt. Ich hatte ihn nach meinem gutmütigen und tapferen Freund benannt, der sein Leben in der großen Schlacht in Düvven gelassen hatte. Alle zwei Stunden verlangte er nach der Brust und zermürbte mich damit ganz schön. Das kannte ich von Elzada nicht. Ich hatte sie aufwecken müssen, damit sie trank. Ich war nur froh, dass ich mich nebenher nicht um die Belange des Königreichs kümmern musste. Das schaffte mein König ganz gut ohne mich.

Ich hörte, wie Shimon sich räusperte.

»Euer Gemahl lässt ausrichten, dass ihr schon runtergehen sollt. Er wird gleich nachkommen. Er ist noch im Arbeitszimmer.«

»Danke, Shimon. Kannst du so gut sein und Elzada zu Onkel Tribas bringen? Ich glaube, ich habe seine Stimme durch das offene Fenster gehört.« Über die Schulter warf ich Shimon einen fragenden Blick zu. Er nickte.

»Er ist auch schon da, Eure Ho- Elenas, meine ich«, verbesserte er sich schnell. »Wie alle Eure Freunde übrigens. Aber lasst Euch Zeit, ich gehe mit der Prinzessin schon einmal vor«, bot er an und verließ auf mein Nicken hin den Raum.

Daneel war mit offenem Mund auf meinem Schoß eingeschlafen, während Milch von meiner Brust auf sein winziges Kinn tropfte. Lächelnd wischte ich ihn sauber, hüllte ihn in seine Decke und richtete mein Kleid. Mit zwei Handgriffen verknotete ich die Bänder und stand auf.

Mit Daneel im Arm verließ ich den Raum, stieg die Treppen hinab und trat in den Hof hinaus. Zuerst blendete mich gleißendes Sonnenlicht, dann sah ich die Menge an Menschen, die unserer Einladung gefolgt waren und den Weg zum Palast auf sich genommen hatten.

Sofort fiel mir die liebevolle Dekoration der Tische auf. Die Dienerschaft hatte wirklich gute Arbeit geleistet. Im Hof hatten sie mehrere Reihen Bänke und Tische aufgestellt. Die Tische hatten sie mit farbigen Leinenservietten und wunderschönem Geschirr gedeckt. Die glänzenden Kelche waren in der gleichen Farbe wie das Gedeck gehalten und standen in regelmäßigen Abständen zueinander. Kleine Schilder waren auf die Teller platziert worden, auf denen der jeweilige Name des Gastes stand. Die Blumen, die aus den Gärten stammten, verzierten die Tische und vermittelten den Anschein einer Hochzeit. Dabei hatten wir bereits vor einem halben Jahr geheiratet.

Ich blieb vor der Doppeltür, die zum Hof führte stehen und sah jedes Gesicht einzeln an. Audius saß mit seiner Frau und seinen beiden Söhnen an einem Tisch und schien so glücklich zu sein, wie ich ihn noch nie gesehen hatte. Er lachte laut über etwas, dass sein älterer Sohn Samuel sagte, und wuschelte ihm durch das sandfarbene Haar. Neben ihm saß Santyx und unterhielt sich gelassen mit Timor, während seine Frau Maya mit Audius' Frau sprach. Maya fing meinen Blick auf und kam auf mich zu.

»Darf ich ihn halten, Herrin?«, fragte sie in einem unterwürfigen Ton, den ich ihr nicht abgewöhnen konnte. Ich war nicht mehr ihre Herrin und sie war keine Untergebene in meinem Dienst. Gewohnheiten konnte man wohl nur schwer ablegen.

»Aber vorsichtig, er schläft.«

Als ich ihn ihr reichte, strahlten ihre Augen so hell wie die Sterne am Firmament. Sie und Santyx versuchten seit einem Jahr, ein Baby zu bekommen, bis jetzt hatte es jedoch nicht klappen wollen. Ich hoffte, dass sich ihr Kinderwunsch so schnell wie möglich erfüllte.

Sie schlenderte mit Daneel im Arm zu ihrem Gatten hinüber und setzte sich auf seinen Schoß. Eine Bank weiter sah ich Vitaan, der spielerisch nach Elzada schnappen wollte, die in Tribas' Armen hing.

Jedes Mal, wenn ihr Großvater die Hände nach ihr ausstreckte, wirbelte Tribas sie im Kreis herum, was sie aufjauchzen ließ. Sie lachte so laut und herzlich, dass jeder, der nahebei stand, auch mitlachen musste.

Die Bank daneben war leer, aber eine Reihe Männer hatte sich in der Nähe versammelt. Ich erkannte Shiman, Useyn, Haatif und Thevik. Sie waren Dastan stets loyale Freunde gewesen, weshalb ich nicht gezögert hatte, sie in unser Heer aufzunehmen. Seit einigen Monaten bildeten sie die jungen Männer aus, die ich für ein anständiges Heer brauchte. Ich wollte, dass Atamara nicht nur reich war, sondern auch stark.

Eine harte Brust drückte sich an meinen Rücken und ich lehnte mich dagegen. Auch ohne mich umzusehen, wusste ich, wer hinter mir stand.

»Du siehst nachdenklich aus.« Dastans heißer Atem kitzelte mein Ohr, was mich grinsen ließ.

»Ich sehe meine große, liebe Familie und schätze diesen Augenblick. Wir hatten alle ein hartes Leben, dennoch stehen wir heute hier, aufrecht, zusammen. Das macht mich zur glücklichsten Frau auf der Welt«, sage ich leise und drücke seine Hand, die er um meine Taille geschlungen hatte.

»Das trifft sich gut«, entgegnete er mit tiefer Stimme und lehnte sich ein Stück vor, während ich zu ihm hochsah. Der Schalk war aus seiner Stimme verschwunden, dafür funkelten seine Augen voller Zuneigung. »Die glücklichste Frau macht mich zum glücklichsten Mann auf der Welt. Du und meine Kinder, ihr seid mein Leben. Ohne euch bin ich nichts. Ich liebe dich bis in alle Ewigkeit, Elenas.« Er lehnte sich vor und hauchte mir einen federleichten Kuss auf die Lippen.

»Ich liebe dich auch, Dastan. Bis in alle Ewigkeit.«

»ENDE«